Frank Schäfer, geboren 1966, lebt als Schriftsteller, Musik- und Literaturkritiker in Braunschweig. Er schreibt für taz, Neue Zürcher Zeitung, Rolling Stone u.a. Neben Romanen und Erzählungen erschienen diverse Essaysammlungen und Sachbücher, etwa *Hühnergötter. Roman* (Limbus), *Henry David Thoreau – Waldgänger und Rebell. Eine Biographie* (Suhrkamp) und *Das wilde Lesen. Deutsche Literaturgeschichte(n)* (Verlag Andreas Reiffer).

Frank Schäfer

Zu früh

ROMAN

KRÖNER EDITION KLÖPFER

Neunundzwanzig plus zwei.

Neunundzwanzig Wochen und zwei Tage.

Jeder Tag zählt.

Zahlen spielen eine wichtige Rolle.

»Die Kinder, die in der dreißigsten Woche geboren werden, kommen mittlerweile sicher durch«, sagt die Intensivschwester arglos.

Wie sich die Eltern fühlen, deren Kind diese Hürde nicht geschafft hat, darüber macht sie sich keine Gedanken. Wenn sie sich das alles zu Herzen nehmen würde, könnte sie keine Nacht mehr ruhig schlafen.

Wie wir jetzt.

Wer zu früh kommt, den bestraft das Leben.

Als kleiner Junge durfte ich für meinen Vater ein Lottofeld ausfüllen. Ich kreuzte 1, 2, 3, 4, 5, 6 und die Zusatzzahl 7 an.

Mein Vater schüttelte lächelnd den Kopf.

»Was machst du denn da? Ist doch klar, dass die Zahlen nicht drankommen.«

Es wird ein heisser niedersächsischer Sommer, der Sommer des Jahres 2003. Schon das Oster-Kaffeetrinken mit der Familie kann man nach draußen verlegen. In den Krankenhauspark.

Ich besuche Heike sowieso jeden Tag zweimal, morgens und abends. Die Nähe der Klinik zu unserer Wohnung erweist sich als großer Vorteil.

Am Sonntag kommt die Familie dazu, bringt selbstgebackenen Erdbeerkuchen und kannenweise Kaffee mit.

»Draußen nur Kännchen.«

Alle lachen, weil sie die Sorge um den kleinen Jungen wenigstens für eine Stunde lossein wollen.

Krankenbericht: »*Da sich der Allgemeinzustand der Mutter nicht stabilisiert und die fetale Tachykardie persistiert, wird der Entschluss zur Schwangerschaftsbeendigung mittels primärer Sectio caesarea gefasst.*«

Operationsbericht: »*Lagerung der Patientin. Desinfektion der Bauchdecke. Pfannenstielschnitt ... Digitale Erweiterung der Uterotomiewunde und Entwicklung des kindlichen Köpfchens unter Führung der Hand. Dies gelingt ebenso problemlos wie die Entwicklung des nachfolgenden Rumpfes. Abnabelung. Das Kind ist lebensfrisch und schreit kräftig durch. Übergabe an die Hebamme ... Ende des operativen Eingriffs. Instrumente nach Angabe der OP-Schwester vollständig.*«

WIR WOLLEN WISSEN, »was es wird«!

Da Heikes Frauenarzt schon der Frauenarzt ihrer Mutter und folglich ein lieber, aber altmodischer Knochen ist, tut er stets so, als könne er nichts sehen.

Später erzählt mir ein befreundeter Arzt, wenn man nichts sehe, sehe man auch etwas.

Irgendwann verrät sich der alte Doc.

»Eltern sollten sich auf ihr Kind freuen und hoffen, dass es gesund zur Welt kommt«, dekretiert er, »ob Junge oder Mädchen ist sekundär.«

Heike bleibt seine Patientin. Allerdings suchen wir daraufhin einen Kollegen von ihm auf, der unserer Neugier mit Ultraschallaufnahmen in 3-D entgegenkommt.

»Große Füße hat ihr Sohn«, meint das Schlitzohr. Und streicht die leichtverdienten 100 Euro ein. Bar auf die Kralle.

Beinahe wäre ich gar nicht erst auf die Welt gekommen. Meine Eltern wollten nur zwei Kinder, meinen Bruder und das andere Kind, dessen Herz noch im Mutterleib zu schlagen aufhörte.

Erst ein paar Jahre später wurde ich geboren, als Ersatzmann.

Wenn man nicht hier wäre, wo wäre man dann?

Heike ist in Mailand auf einer Ledermesse.

Sie kümmert sich in ihrem Unternehmen um – »Lack & Leder«. Für eine ganze Woche besitzt sie sogar Visitenkarten mit diesem Aufdruck. Darüber mokieren sich sofort alle, ich am allermeisten, und so werden die Pappen bald wieder weggeworfen. »Color & Trim« steht von nun an unter ihrem Namen. Jetzt lacht keiner mehr.

Sie wankt zwei Tage lang durch sauerstoffknappe Mailänder Hallen, ruft mich schon am Mittag des ersten an und beklagt sich ausgiebig über die Strapazen.

»Du bist in der 28ten Woche«, rutscht es mir heraus, weil ich ihr eigentlich sagen will, dass sie dort nichts zu suchen hat.

Sie war überhaupt nur gefahren, weil ihr die ältere Arzthelferin mit stoischer Trümmerfrauenmiene versichert hatte, Schwangerschaft sei keine Krankheit.

Sie kommt nach Hause, und nach einem Erschöpfungsschläfchen von drei Stunden haben wir behäbigen, dickbäuchigen Schwangerschaftssex, der mir immer ein wenig peinlich ist, weil sie so anders aussieht und sich anfühlt. Aber ihre großen, dunklen Brüste machen mich auch irgendwie an. Außerdem ahne ich, dass es für eine Weile der letzte sein wird.

Am Wochenende klagt sie über leichte Schmerzen im Unterleib. Sie hat ein schlechtes Gewissen, und ich kann wenigstens dieses eine Mal meinen Mund halten.

HEIKE DARF IHR BETT BIS ZUR GEBURT nur noch für die notwendigsten Verrichtungen verlassen. Zwölf Wochen lang die Horizontale.

Als der Gynäkologe sie mit dem Befund konfrontiert, kommen ihr die Tränen. Es sei noch so viel zu erledigen, auf ihrem Schreibtisch stapele sich die Arbeit, außerdem habe der Geburtsvorbereitungskurs gerade erst begonnen.

»Ich weiß doch gar nichts.«

Der Arzt lächelt verständnisvoll und versucht professionelle Fürsorglichkeit auszustrahlen, aber man merkt ihm an, dass er solche Bedenken schon einmal zu oft gehört hat, um sie wirklich ernstnehmen zu können. Er streichelt ihr die Schulter, aber so schnell lässt sie sich nicht trösten.

Er sieht mich an, und wir müssen beide grinsen. Keine Ahnung, was daran so witzig ist.

Ein Freund begann schon während des Hauptstudiums, mit Anfang 20, kleinen Kindern versonnen hinterherzulächeln oder, wenn sich die Gelegenheit bot, in die Hocke zu gehen, um mit ihnen Kontakt aufzunehmen. Anderthalb Jahre später war er Vater. Wir alle schauten uns überrascht an. Jetzt ging der Spaß doch erst richtig los für uns.

Er habe eine Sehnsucht verspürt, den Wunsch nach einem Kind. Jedenfalls sagte er das später. Ich bezweifle das vielleicht auch deshalb, weil mir diese Sehnsucht fremd war. Ich hatte gute Freunde, eine Freundin und überdies war ich mir selbst genug.

Ich hätte es gern gehabt, ein Zeichen, das mir unmissverständlich zu verstehen gibt, jetzt ist es soweit, jetzt willst du Vater werden. Aber da war nichts. Nicht, weil ich nicht in mich hineingehorcht hätte. Das tat ich durchaus. Aber da drinnen blieb alles ruhig. Da erklang nichts, da herrschte totale Stille.

Mir fehlte auch nichts. Ich brauchte kein Kind zur Vervollständigung meiner Existenz. Aber ich wusste, dass meine Freundin irgendwann ein Kind wollte, vielleicht sogar brauchte.

Im weiteren Bekanntenkreis hatte sich ein Paar getrennt, weil der Mann unfruchtbar war und die Frau sehr gläubige Katholikin. Sie wollte Kinder, auf ganz alttestamentarische Weise.

»Was ist das für eine Beziehung?«, hatte ich gelästert. »Wenn man sich wirklich liebt, findet sich eine Lösung.«

Heike war sich da nicht so sicher.

»Welche Lösung denn?«

»Na, zum Beispiel keine Kinder zu haben.«

Sie schüttelte den Kopf.

»Ich glaube, daran scheitern viel mehr, als man denkt.«

Ich war gewarnt.

Im Sommer 2002 reisten wir mit dem Auto in die Toskana.

Es war so unsäglich heiß dort, dass tagsüber jeder Gedanke verdunstete. Wir fuhren nach Siena, Pisa, Florenz und brauchten Tage, um uns von diesen Sightseeing-Strapazen zu erholen. Wir hielten uns also oft genug in dem ländlichen Ferienhaus-Komplex auf und kamen mit den anderen Gästen in Kontakt.

Im Nebenhaus wohnte eine Familie mit drei Kindern. Das kleinste, der dreieinhalbjährige Max, hatte sich in Heike verliebt. Ständig büxte er aus und kam zu uns herüber. Wenn wir in der kühlen Küche saßen und uns einen Kaffee kochten, setzte er sich einfach dazu. Er kannte keine Scheu, nahm sich ein Stückchen Kuchen oder griff in die Tüte Haribo und berichtete von seinem kleinen Leben.

Nicht alles verstand man gleich, er verhaspelte sich, weil er zwei, drei Geschichten auf einmal erzählen wollte, er war eben erst dreieinhalb, aber die Ernsthaftigkeit dieses blonden Lockenkopfs, seine Gewitztheit und die Unverstelltheit, mit der er unsere Nähe suchte und uns seiner Sympathie versicherte, ließen einem das Herz aufgehen.

Wollte er mir was zeigen, nahm er ganz selbstverständlich meine Hand und zog mich zu dem Busch, in dem gestern eine Eidechse verschwunden war. Schon am dritten Tag krabbelte er unter dem Tisch hindurch, Heike auf den Schoß und quackelte von seinem Lieblingsfußballer Ballack. Nachdem sein Vater ihn wieder einmal bei uns aufgegabelt und zum Abendessen mitgenommen hatte, Entschuldigungen ersparte er sich längst, er kannte den Charme seines Sohnes, sah sie mich lächelnd an.

»So einen will ich auch.«

Gleich nach dem Urlaub setzt Heike die Pille ab.

Ein paar Wochen später wacht sie auf mit stechenden Schmerzen im Unterbauch. Es hatte sich angekündigt. Nach einigen Feiern mit zu viel Alkohol und gutem Essen klagte sie über Magenschmerzen. Wir tippten beide auf Gastritis oder jedenfalls eine Reizung der Magenschleimhaut und Heike trank viel Kamillentee. Aber es wurde nicht besser, und jetzt dieser Schmerzdurchbruch mitten in der Nacht. Sie wälzt sich zwei Stunden lang, schließlich fahre ich sie ins Krankenhaus. Eine junge Ärztin untersucht sie, spritzt ihr ein Schmerzmittel und ordnet für den nächsten Morgen eine Magenspiegelung an. Als ich sie früh um acht in ihrem Krankenzimmer besuche, hat sie die Gastroskopie bereits hinter sich und wacht gerade auf.

»Ach, du bist schon da … Ich werde gleich abgeholt«, flüstert sie, »zur Magenspiegelung.«

Ich muss lachen. »Du bist schon fertig.«

»Ach so, ein Glück …«

Sie wird langsam artikulationssicherer und lächelt schon wieder.

»Die Schmerzen sind auch weg, vielleicht haben sie mir schon ein Medikament gegeben.«

»Das freut mich.«

Aber dann flitzt die junge Ärztin ins Zimmer mit einem Grinsen, das uns jede Sorge nimmt.

»Alles in Ordnung … Sie sind bloß schwanger.«

Jahre später erzähle ich meinem kleinen Sohn vom Urlaub in der Toskana, von der unsäglichen Hitze, von den deutschen Radlern, die mit hochrotem Kopf die Hügel hinaufstrampelten, von dem Swimmingpool am Rande des Landhauses, der einen überwältigenden Blick über das weite Tal bot, und vom kleinen Max.

»Wo war ich da eigentlich?«, fragt Oscar.

Ich streichele ihm über den Kopf.

»Da warst du noch nicht geboren.« Mein Sohn überlegt einen Moment.

»Da war ich noch ein Gedanke.«

Heike heute früh beim Gynäkologen, der erkennt eine leichte Öffnung des Gebärmuttermunds (auch so ein Wort, das ich hoffentlich nie wieder schreiben und noch viel weniger sagen muss) und weist sie ins Krankenhaus ein. Dort stellt man eine leichte Wehentätigkeit fest und behält sie da. Nicht schlimm, wiegeln alle ab, trotzdem machen wir uns Sorgen … Dem Kleinen scheint es aber weiterhin gut zu gehen.

Am Tag darauf wird sie noch einmal untersucht und bekommt – das übliche Procedere, wie man uns beruhigt – »einen Ring eingesetzt«, der eine weitere Gebärmutterhalsverkürzung verhindern soll.

Am Abend fährt man sie in den Kreißsaal und schließt sie an den Wehenschreiber an. Ihr Puls ist zu niedrig. Schlechte Blutwerte. Trotzdem gehen alle zuversichtlich davon aus, dass man Heike zu Ostern entlassen kann.

Nur unter der Bedingung, dass sie für die restlichen Wochen bis zur Geburt ein waagerechtes Leben führt.

Um 10 Uhr klingelt das Telefon. Heike, verwirrt.

»Frank, kommst du vorbei?«

»Darfst du nach Hause? Ich hol dich ab.«

»Ich bin im Kreißsaal am Wehenschreiber. Irgendwas haben die vor.«

»Was ist denn los?«

»Meine Blutwerte sind immer noch so schlecht. Heute Morgen beim Duschen wäre ich fast umgekippt … Komm bitte.«

Im Hausflur treffe ich Verena, eine befreundete Nachbarin, sie will mich in ein Gespräch verwickeln und ich lasse mich darauf ein, vielleicht weil ich Angst habe, was mich erwartet, oder weil ich den Ernst der Lage nicht absehe. Jedenfalls holt mich das Geplauder in die Normalität zurück. Später bekomme ich ein schlechtes Gewissen, dass ich drei Minuten verplempert habe für ein Gespräch über das Wetter und das gestrige Fernsehprogramm.

Ich weiß nicht, wo sich der Kreißsaal befindet und muss mich durchfragen. Eine rotwangige, energische Hebamme begleitet mich schnellen Schritts.

Es gibt vermutlich keine anämische, antriebsschwache Frau in diesem Beruf. Solche Frauentypen brechen die Ausbildung ab oder werden währenddessen rotwangig und energisch.

Sie sei ohnehin gerade auf dem Weg zum Kreißsaal, erklärt sie, aber als sie mich abgeliefert hat, macht sie schnell wieder kehrt. Sie will offenbar einfach nur nett sein oder hat gerade nichts zu tun und weiß einfach nicht, wohin mit ihrer Energie.

Heike liegt im Bett und hat ein grünes OP-Käppchen auf und offenbar auch schon eine Beruhigungstablette bekommen. Sie ist schläfrig, durcheinander, versucht mir etwas zu erklären und verliert den Faden.

Hier herrscht hektisches Treiben, das mich zusätzlich beunruhigt.

Nebenan höre ich eine Tür klappen und eine Frau laut wehklagen.

»Die Zwillinge«, sagt eine Schwester zur anderen.

Heike dämmert weg.

Der Chefarzt rauscht herein und erläutert die Lage.

Das Kind bekomme aus irgendeinem Grund zu wenig Sauerstoff und stehe deshalb unter enormem Stress. Man habe eine Vermutung, aber sicher sei man sich nicht. Jedenfalls könne er nicht länger warten, er müsse es mit einem Kaiserschnitt holen – und zwar jetzt!

»Wir haben ihrer Frau gestern noch eine Lungenaufbauspritze gegeben, wir sind eigentlich guter Dinge, dass die anschlägt. Es ist schon noch sehr früh, aber das Kind kann nicht länger im Mutterleib verbleiben … Das wäre ungesund.«

Er sagt wirklich dieses Laienwort, vielleicht um sicherzugehen, dass ich ihn auch verstanden habe.

Ich verstehe ihn sehr gut.

Er legt mir eine Einwilligungserklärung vor, die ich schnell noch unterschreiben soll, weil Heike dazu nicht mehr in der Lage ist.

Man möchte ihr Blutkonserven geben dürfen, falls das nötig werden sollte.

Meine Unterschrift sieht anders aus als sonst.

Wᴵʀ ʙʀᴀᴜᴄʜᴇɴ ɴᴀᴄʜ ᴅᴇᴍ Uʀʟᴀᴜʙ noch ein paar Wochen, bis Heike die Pille absetzt. Sie ist sich sicher, ich bin's nicht. Ich kenne dieses Gefühl, eine leichte Nervosität oder Furcht, die mich auch auf dem Airport befällt, wenn ich in den Flieger steige. Jetzt gibt es kein Zurück mehr, jetzt ist man Teil einer Geschichte, die letztlich auch fatal schiefgehen kann. Und ich erinnere mich an ein längeres Streitgespräch, in dem ich meine Bedenken äußere, dieser Aufgabe nicht gewachsen zu sein.

»Ich weiß doch gar nicht, was ich tun muss. Ich hab zwei linke Hände, nachher passiert dem Kind was durch meine Schuld.«

Heike wird sehr ärgerlich.

»Meinst du etwa, ich habe daran noch nie gedacht? Solche Befürchtungen hat jeder mal, na und?«

Ehrlich gesagt bin ich mir nicht sicher, ob meine Eltern an so etwas gedacht haben. Sie waren Anfang zwanzig, als sie ihr erstes Kind bekamen, da ist man leichtfertig. Diese ganze Bedenkenträgerei beginnt doch erst ab Mitte dreißig, wenn man selbst erfahren hat, wie viele Wünsche nicht in Erfüllung gehen und was alles passieren kann.

MEIN VATER NIMMT MICH AUF DEM FAHRRAD mit zum Fußballplatz. Ich sitze vor ihm auf der Stange in einem Kindersitz, an der vorderen Radgabel zwei ausklappbare Tritte für meine Füße. Ich trage Sandalen – und frage mich, wie es klingt, wenn die Sohlen an den Speichen flappflappflappen.

»Hör auf, sonst sindse ab.«

Sie fahren Heike zum Operationssaal, ich halte ihre Hand. Als wir noch von einer halbwegs termingerechten Geburt ausgegangen sind, habe ich auf dem Aufnahmebogen erklärt, ich wolle bei der Geburt dabei sein. Die zuständige Hebamme versucht mich nun davon zu überzeugen, dass ein Kaiserschnitt nichts sei, was man unbedingt mal erlebt haben müsse. Und ich glaube ihr das ohne Weiteres.

Heike schlägt die Augen auf. »Ich sollte mich jetzt wohl fürchten«, sagt sie schuldbewusst, »aber ich spüre nichts, das ist diese Scheißegalpille.«

Die Hebamme lacht. Wir erreichen die Schwingtüren des OP-Bereichs.

»Ich würde hierbleiben an Ihrer Stelle!« Sie sagt es so energisch und rotwangig, dass ich keine Einwände habe. »Küsschen!«, befiehlt sie. Ich beuge mich zu Heike hinunter, streichle ihre Wange, wünsche ihr Glück, sie lächelt leicht, als müsste sie mir Mut machen.

»Keine Sorge, in einer halben Stunde sind wir wieder da«, sagt die Schwester, die das Bett schiebt.

Eine aus dem OP-Bereich eilende Schwester hält kurz inne und schaut mich besorgt an.

»Sie sehen ja ganz bleich aus. Soll ich Ihnen ein Wasser bringen?«

Ich lehne ab und sie muss weiter, verschwindet hinter der nächsten Ecke, wo ich sie mit einer anderen Frau halblaut reden höre.

»Schau mal gelegentlich nach dem jungen Vater vorm OP, der kippt uns sonst noch um.«

Ich lehne mich an die Wand, weiß nicht, was ich denken soll, sehe mir selbst zu, wie ich hier stehe und überlege, ob ich mir nicht mehr Sorgen machen müsste.

Ich brauche nicht mal eine Scheißegalpille.

Nach einer Weile schaut eine andere Schwester um die Ecke.

»Alles klar?«

»Nö, wieso?«, will ich erst antworten, aber ich lächle nur und winke nickend.

Ein Freund hat mir mal gebeichtet, er sei nicht normal.

Während der Beerdigung seiner lieben Oma, die ihn aufgezogen hat, weil die Eltern sich dazu nicht in der Lage sahen, muss er die ganze Zeit das Lachen unterdrücken.

Grauenvoll.

Der Dackelblick des trauerpredigenden Dorfpfarrers kitzelt ihn so dermaßen, dass er die Hände vors Gesicht nimmt, und als seine Schultern verdächtig zu zucken beginnen, klopft ihm sein Bruder verständnisvoll auf den Hinterkopf.

Dem stehen Tränen in den Augen, meinem Freund auch, aber vor Lachen.

Ich bin froh, dass wenigstens mein Körper mitspielt. Immerhin erbleiche ich standesgemäß.

Die Hebamme kommt hinaus gehuscht, bereits mit Mundschutz bewehrt.

»Kommen Sie rein, der Chefarzt will Sie dabeihaben.«

Man gibt mir einen grünen OP-Kittel, ich wasche mir die Hände, soll mich sputen, aber in meiner Aufregung bin ich vermutlich langsamer, als wenn ich mir Zeit lassen könnte. Durch die Tür höre ich den Chef toben.

»Der Vater will dabei sein, also ist er dabei, was anderes hat uns nicht zu interessieren!«

Ich habe den Eindruck, er sagt es jetzt noch einmal so laut, damit ich es auch höre.

Endlich fertig angezogen, schiebt mich die Hebamme in den Saal.

Der Anästhesist winkt mich zu sich. Wir stehen hinter einem grünen Sichtschutz aus Tuch, der Heike von den Schultern abwärts verdeckt. Sie schläft, sieht entspannt aus, lächelt sogar ein wenig.

Die Hebamme eilt mit einem in Tüchern eingeschlagenen schreienden Bündel in den Nebenraum, wo schon Kinderärzte warten.

Der Anästhesist nickt aufmunternd.

Ich weiß nicht, wie ich mich verhalten soll.

Die Hebamme steht in der Tür und ruft fast vorwurfsvoll:

»Wollen Sie sich Ihren Sohn nicht anschauen?«

Ich drehe mich noch einmal zu Heike um, dann gehe ich schnell nach drüben.

Ich darf nur einen kurzen Moment bleiben, mir meinen Sohn nur kurz ansehen, weil die Erstversorgung doch problematischer ist, als man dachte.

Die Hebamme schiebt mich mit sanfter Gewalt vor die Tür.

»Lassen Sie den Arzt mal machen. Sie sehen ihr Kind ja gleich draußen, wenn die Arbeit getan ist.«

Es ist Arbeit, das wird mir jetzt klar.

Man hatte mit Komplikationen gerechnet.

Wie denn auch nicht bei einem Kind, das nach nicht einmal 30 Wochen zur Welt kommt?

Weil das Marienstift keine Frühchenstation besitzt, hat man Ärzte der Neonatologie des Krankenhauses in der Holwedestraße eingeschaltet, sie haben einen fahrbaren Inkubator dabei.

Dort liegt er drin, als ich meinen Sohn wiedersehe, draußen auf dem Flur, künstlich beatmet, schlafend, vielleicht sediert.

Wie ich hierhergekommen bin, weiß ich nicht.

Es fühlt sich an wie nach einem Unfall.

Wer zu früh kommt, den bestraft das Leben.

Ich komme erst wieder zu mir, als ich Heike sehe. Sie liegt nur mit einem Laken zugedeckt auf dem Gang und friert. Sie wird langsam wach, kann die Augen noch nicht öffnen, bibbert aber erbärmlich, ihr ganzer Körper im Tremor. Keine Ahnung, ob das Folgen der abklingenden Narkose sind oder ob ihr tatsächlich kalt ist unter dieser dünnen Decke. Ich versuche sie warm zu rubbeln und rede zärtlich auf sie sein, aber sie ist noch weit weg. Sie zittert, als hätte sie jetzt schon Angst vor dem, was sie im Wachen erwartet.

BEIM SCHREIBEN AN DIESEM BUCH, das mir viele Pausen abnötigt, weil ich mich ständig frage, ob man nicht zu vielen Leuten wehtut, lese ich von einem befreundeten Paar. Die beiden waren zehn Jahre liiert, haben eine Tochter, sich dann im Guten getrennt. Sie zog nach Berlin, er hinterher, um nah bei seinem Kind zu sein. Nahm sich eine Wohnung, ein paar Blocks entfernt. Jetzt gratuliert sie ihm auf Facebook nachträglich zum Geburtstag.

Ob sie sich getrennt hätten, wenn sie ähnliche Erfahrungen gemacht hätten wie wir, frage ich mich. Oder vielleicht erst recht?

Mir wurde nie eine Offenbarung zuteil. Es war ein konsequent rationaler, die Vor- und Nachteile abwägender Entscheidungsprozess. Ich könnte es hier etwas emotionalisieren, also unsere besondere, innige Liebe rhetorisch umhäkeln, die sich mit einem Kind noch einmal in etwas Größeres verwandelt. Aber so war es nicht.

Wir sprachen nach dem Urlaub mit dem kleinen Max immer mal wieder darüber, wie es wäre wenn … Aber wer kein Kind hat, weiß nicht, wie es mit Kind ist. Also mussten wir uns auf das verlassen, was uns andere Eltern erzählten, und das ist für Nichteltern nicht nur unverständlich, sondern meistens enervierend. Bestenfalls zeigt es den Affekt des Gegenübers, aber es erklärt nichts.

Ich erinnerte mich an meinen alten Fußball-Trainer, den ich nach Jahren zufällig auf einem Dorffest wiedergetroffen hatte. Auch das war schon wieder eine Weile her. Ich fing gerade an, mich in meinem Studienfach etwas besser zurechtzufinden, er hatte ein paar Wochen zuvor sein erstes Kind bekommen und musste ein paar Runden schmeißen. Ich half ihm beim Heranschaffen der Biere und fragte ihn das, was er an diesem Abend wohl schon dutzende Male gefragt worden war: Wie sich das Leben mit Kind anfühle. Ich meinte nicht die Äußerlichkeiten, die stinkenden Windeln, die durchwachten Nächte, sondern was es mit ihm und aus ihm gemacht habe. Und dieser Sachbearbeiter in einer Versicherung, den ich bisher nicht als besonders tiefgründig wahrgenommen hatte, war es in gewisser Weise doch.

»Weißt du was, das kann ich dir nicht erklären«, meinte er. »Ich kann es versuchen, aber du würdest es nicht verstehen. Das ist, als wenn du jemandem, der noch nie verliebt war, erklären müsstest, was Liebe ist. Klar, man kann das beschreiben, weiß aber auch, dass es nichts bringt.«

Das war nicht im Tonfall des Gläubigen gesprochen, der den noch nicht mit der ewigen Wahrheit Beschenkten als armen Tropf bedauert, sondern mit dem staubtrockenen Charme eines Sachbearbeiters, der achselzuckend seine Unzuständigkeit erklärt. Und obwohl er ja nicht wirklich etwas gesagt hatte, erklärte es für mich mehr als das übliche Salbadern von den kleinen Menschenkindern, die einem so viel zurückgäben.

Wenn man sich die emotionale Gemengelage nicht vorstellen kann, muss man sich mit Vernunft behelfen. Wir suchten also nach Gründen für und wider. Fremdbestimmung, Abhängigkeit, Freiheitsverlust sprachen in meinen Augen eindeutig dagegen. Meine Frau war da anderer Meinung.

»Irgendwann hast du sowieso keinen mehr, mit dem du um die Häuser ziehen kannst, weil alle anderen sich um ihre Familien kümmern.« Und sie erinnerte mich an die drei, vier Vierziger, die in unserem Stammclub herumhingen und von allen Jüngeren als erbärmliche Sugar Daddys verachtet wurden, einfach nur, weil sie fünfzehn Jahre älter waren. »So willst du nicht enden«, erklärte sie. Und hatte recht damit.

Tatsächlich ging es in unseren Überlegungen schließlich vor allem darum, wie wir älter und alt werden wollten. Vielleicht war unsere Entscheidung zu diesem Zeitpunkt längst gefallen und wir selektierten das Wahrgenommene, um sie zu legitimieren, jedenfalls machten die Kinderlosen für uns eine weniger glückliche Figur. Uns fielen naturgemäß vor allem die Käuze auf. Selbstbezogene, im eigenen Saft schmorende, spleenige, hypochondrische, ehrpusselige, auch schon mal vergnatzte Menschen.

Woran lag das? Vielleicht einfach nur an unserem Vorurteil. Oder gab es einen grundsätzlichen Unterschied zu Menschen mit Kindern? Möglicherweise war es der Umstand, dass sie eine existentielle Erfahrung nicht gemacht hatten. Nämlich von sich selbst völlig abzusehen, die eigenen Bedürfnissen komplett dranzugeben, weil das Kind für eine ganze Weile totale Aufmerksamkeit und absolute Hingabe beansprucht.

Ich will damit das Kindermachen keineswegs moralisch veredeln. Es hat nichts Altruistisches. Im Gegenteil: Man will nicht Leben schenken. Man will beim Sterben nicht allein sein.

Ich schreibe an diesem Buch, da erkrankt mein Vater an Leukämie. Es beginnt mit einer schmerzhaften Entzündung im Mund. Er mag kaum etwas essen Weihnachten 2018. Im Januar diagnostiziert man bei ihm den Blutkrebs. Er bekommt gerade noch rechtzeitig eine Chemotherapie, die ihm zumindest etwas Zeit verschafft.

Er feiert seinen Geburtstag im Mai, und ich springe endlich über meinen Schatten und umarme ihn. Es ist das erste Mal, zumindest in meiner Erinnerung.

Anderthalb Jahre nach der Diagnose stirbt er an einer Lungenentzündung. Er kommt mit Covid-19-Verdacht auf die Intensivstation. Wir dürfen ihn nicht besuchen, weil das negative Testergebnis auf sich warten lässt, die Labore sind überlastet, und so stirbt er, ohne dass seine Frau oder seine beiden Söhne bei ihm sein können. Allein. Und bei klarem Verstand. Kurz vorher hatte er noch eine Erklärung unterzeichnet, dass man auf lebensverlängernde Maßnahmen verzichten solle.

»Kinder machen des Lebens Mühsal süß, aber das Unglück umso bitterer. Sie vermehren die Sorgen des Lebens, aber lindern den Gedanken an den Tod«, schreibt der kinderlose Francis Bacon im frühen 17. Jahrhundert.

»Die Fortdauer durch Zeugung haben wir mit den Tieren gemein«, fährt Bacon fort, »allein diejenige der Erinnerung an Verdienst und edle Taten ist nur dem Menschen eigen. Man kann mit Recht behaupten, dass die edelsten Werke und Stiftungen von Menschen ausgegangen sind, die ein Abbild ihres Geistes schaffen wollten, weil ihnen dasjenige ihres Leibes versagt geblieben war. So denken also die, die keine Nachkommen haben, gerade am meisten an die Nachwelt.«

Eltern dagegen sähen in erster Linie ihre Kinder, »weil sie in ihnen ebenso sehr die Fortführung ihrer Familie wie ihres Werkes, mithin sowohl ihre Kinder wie ihre Geschöpfe erblicken.«

Tatsächlich gehört zu meinen anfänglichen Bedenken auch der Gedanke, dass mich ein Kind vom Schreiben abhalten und ich ihm dies ungerechterweise vorwerfen könnte. Aber als es dann soweit ist, spielt das alles gar keine Rolle. Offenbar halten wir den Sohn für unser wichtigstes Werk, wenn auch nicht für unsere edelste Tat. Und obwohl mir jene Eltern unsympathisch sind und lächerlich vorkommen, die sich ihr Kind als Verdienst anrechnen, ein bisschen steckt das in jedem Vater, jeder Mutter. Sonst gäbe es keinen Elternstolz. Mir sind die am liebsten, denen er fortwährend peinlich bleibt.

Nur ein Einwand noch, Mr Bacon! Was ist mit den Verdiensten und edlen Taten, zu denen einen das eigene Kind erst befähigt?

Damit meine ich nicht diesen Text.

Jetzt wird der Inkubator aus dem Operationssaal rausgefahren.

Der Notfallmediziner ruft mich zu sich.

»Sind Sie der Vater?«

Ein auf arrogante Art selbstbewusster Mensch, der mir sofort unsympathisch ist. Aus irgendeinem Grund musste er nie an seiner Überlegenheit zweifeln, Adel von Geburt an oder sowas.

In dessen Händen liegt nun das Leben meines Kindes.

Er fragt mich nach seinem Namen.

»Oscar«, sage ich mit brüchiger Stimme.

»Mit c oder mit k?«

Sein Ton macht mir ein schlechtes Gewissen.

Ich werfe noch einen langen Blick in das Aquarium.

»Verabschieden Sie sich«, sagt er grinsend, »wir müssen jetzt los!«

Und dann schieben sie ihn in den Fahrstuhl.

Zur Holwedestraße.

Ich bin unschlüssig, stehe herum wie bestellt und nicht abgeholt, sehe meinem Kind hinterher und gehe schließlich zu meiner zitternden Frau, die man einfach so auf dem Flur abgestellt hat.

Ich spüre einen Wutreflex, den ich niederkämpfe, und halte ihre Hand, streichle ihren Arm.

Schließlich kommt eine Krankenschwester und schiebt sie zurück in einen der freien Geburtsräume, wo man sie richtig zudeckt und wo sie langsam aus der Narkose erwachen kann.

»In einer halben Stunde rufen wir auf der Intensivstation an«, sagt die Hebamme, »dann können die sicher schon sagen, wie es ihrem Sohn geht.«

Warum? Steht das zur Disposition? Bisher war nicht die Rede davon gewesen, dass es ihm schlecht gehen könnte.

Bevor ich die Hebamme das fragen kann, regt sich Heike langsam.

»Wie geht es unserem Schatz?«, haucht sie.

Sie hat ihr Kind noch nicht mal gesehen und liebt es schon.

Wie es jetzt für sie sein muss? Man hat ihr das Kind weggenommen, und sie kann sicher heute noch nicht mit mir zur Intensivstation fahren. Vielleicht auch morgen nicht.

Ich erkläre ihr, was passiert ist, sie dämmert erneut weg, und ein paar Minuten später erkläre ich es ihr noch einmal, weil sie im halbnarkotisierten Zustand alles sofort wieder vergessen hat.

Wir lachen ein bisschen über ihre Absencen, aber dann kommt die Hebamme dazu und ruft in der Holwedestraße an, um sich nach Oscars Befinden zu erkundigen.

»Das können wir nicht sagen, die Ärzte sind gerade bei ihm, er ist noch nicht stabil.«

Ich kann auch ohne Freisprechanlage mithören, was auf der anderen Seite gesagt wird, weil der leere Raum das Signal aus der Ohrmuschel verstärkt.

Was ich höre, macht mir Angst.

»Wann darf sich der Vater wieder melden?«

»In einer Stunde etwa soll er es versuchen.«

Die Hebamme sieht an meinem Blick, dass ich alles verstanden habe.

»Wir müssen noch etwas Geduld haben«, sagt sie. »Die Ärzte sind gerade sehr beschäftigt. In einer Stunde wissen wir mehr.«

»Was ist denn los?«, fragt Heike, die wieder kurz aus ihrem Dämmer erwacht. »Geht es Oscar nicht gut?«

Die Hebamme setzt sich kurz zu uns.

»Wissen Sie, Ihr Sohn ist noch sehr klein … Die Lungen sind noch nicht gut genug ausgebildet. Er hat zunächst geatmet und gekämpft, aber dann ist er kollabiert und musste künstlich beatmet werden. Auf der Säuglingsintensivstation versucht man ihn gerade zu stabilisieren, in einer Stunde wissen wir sicher mehr.«

»Ach, unser armer Schatz«, stöhnt sie schon halb aus dem Off und nickt dann weg.

Ich bin allein mit meiner Angst.

Eine Stunde später liegt Heike immer noch im Aufwachraum.

Die Hebamme legt mir die Telefonnummer hin und verschwindet.

Man verbindet mich mit dem behandelnden Arzt, es ist derselbe, der auch den Transport begleitet hat und dem vor dampfender Selbstüberschätzung die Brille beschlägt.

»Wie geht es Oscar? Eine Krankenschwester hat uns gesagt, wir könnten es in einer Stunde …«

Er lässt mich nicht ausreden.

»Oscar hat uns ja auch eine Weile in Atem gehalten …«

Selbst in meiner Angst um den Sohn, die eigentlich alles andere überdecken sollte, schlägt mein Arschloch-Detektor aus. Es ist nur eine kurze Amplitude, dann frage ich, ob Oscar jetzt aus dem Gröbsten heraus sei.

»Er ist jetzt stabil«, bestätigt der Arzt.

»Ich würde gern vorbeikommen, geht das schon?«

»Ja, Sie können ihn besuchen.«

Vielleicht ist ihm seine Großsprecherei selber peinlich, vielleicht hat er auch meine Ablehnung gespürt, jedenfalls verändert sich mitten im Gespräch sein Tonfall.

»Melden Sie sich an der Elternschleuse an, dann bekommen Sie eine Einweisung von einer Krankenschwester oder einem Pfleger. Wir sind hier eine Intensivstation, wir müssen bestimmte hygienische Standards einhalten.«

Ich bedanke mich artig für seine Hilfe, bevor ich mich verabschiede. Heike ist mittlerweile wach, aber abgekämpft, ich erzähle ihr alles. Die Hebamme hört zu und nickt zufrieden. Heike dämmert lächelnd wieder weg.

Das Städtische Klinikum in der Holwedestraße.

Man empfängt mich in der Elternschleuse. Mundschutz, Kittel, Desinfektion der Hände.

Ein Arzt, es ist ein anderer diesmal, bringt mich zu ihm und erklärt mir die Technik. Ich sehe den winzigen Jungen, und mir schießen sofort Tränen in die Augen.

Der Doktor bittet mich in sein Büro, um mich auf den medizinischen Stand zu bringen. Er wird weiterhin künstlich beatmet, sie versuchen die Sauerstoffzufuhr sukzessive zu reduzieren, um ihn möglichst schnell vom Beatmungsgerät zu bekommen, längere Beatmungszeiten haben negative Auswirkungen auf den kleinen Organismus, schädigen vor allem die Augen, deshalb sind Frühgeborene so oft Brillenträger.

Er sei noch nicht über den Berg, aber auf einem guten Weg. Man habe allen Grund optimistisch zu sein, spricht der Arzt mir Mut zu.

Offenbar macht er das öfter, vielleicht ist er der Spezialist hier für die ersten Elterngespräche. Er ist sehr einfühlsam, benennt meine Ängste bereits, bevor ich sie selbst formulieren kann, und weiß um das einschüchternde Potential der Intensivpflege. Ich möge mich davon nicht erschrecken lassen, man gewöhne sich schnell daran.

»In ein paar Tagen gehen Sie ganz selbstverständlich damit um.«

»Darf ich ihn mal streicheln?«

»Na klar, Sie können gleich noch einmal zu ihm und die Hand reinstrecken.«

Das gibt mir den Rest, ich fange an zu weinen.

Er schaut taktvoll aus dem Fenster und wartet, bis ich mich beruhige, dann führt er mich noch einmal zum Inkubator, hinten links.

Eine Schwester öffnet eine Klappe und ich berühre ihn zum ersten Mal. Mein Zeigefinger streicht über seine Handinnenfläche und er greift kräftig zu.

»Babys mögen Enge, das erinnert sie an den Mutterleib«, erklärt mir eine Schwester. »Wenn sie mit der Hand sanft seinen Kopf halten und leise mit ihm sprechen, gibt ihm das Geborgenheit.«

Ich lege die Hand hinter sein Köpfchen und erzähle ihm in einer zärtlichen Suada, die ich in den nächsten Tagen perfektioniere, alles, was mir gerade einfällt.

Mein kleiner Sohn, mein kleiner süßer Sohn, mein lieber kleiner Oscar.

EINE SCHWESTER KOMMT mit einer Sofortbildkamera, öffnet von oben den Inkubator und macht ein Bild. Ich nehme es mit zu Heike und beschreibe ihr alles, was ich gesehen habe. Sie weint ein wenig, lächelt und weint. Wir sprechen uns Mut zu. Ihr geht es etwas besser, sie ist sogar schon aufgestanden. Vielleicht können wir Oscar morgen schon zusammen besuchen. Ich lasse sie schließlich allein, gehe in unsere Wohnung und telefoniere die Familie und Freunde ab.

Die Eltern wissen zwar Bescheid, weil Heike bereits vom Krankenhaus aus angerufen hat, aber sie wollen natürlich Details, die Umstände, die Gefahren, Chancen.

»Bleibt was zurück?«, fragt meine Mutter in ihrer immer etwas unempathischen Direktheit, aber davon will ich nichts wissen.

Ich fahre sie an.

»So habe ich das ja gar nicht gemeint.«

Das sagt sie hinterher immer.

FAST ALLE FRÜHGEBORENEN liegen in einem Inkubator von der Größe eines komfortablen Aquariums, an jeder Seite befinden sich zwei Bullaugen, die sich mit einem leichtgängigen, fast lautlosen Druckmechanismus öffnen lassen. Die ganze Seitenwand lässt sich ebenfalls herunterklappen, was aber nur selten geschieht. Eigentlich nur dann, wenn etwas passiert, wenn zum Beispiel der Säugling zum »Kuscheln« beziehungsweise »Bonding« oder auch »Kangarooing« auf die Brust der Mutter oder des Vaters gelegt wird.

Oder wenn etwas anderes passiert.

Die starren Blicke der Eltern im Wartezimmer, dessen Tür meist offen steht, die man sieht, wenn man sich die Hände wäscht, desinfiziert und sich den langen, blauen Besucherkittel überzieht, zeigen einem einmal zu oft, dass durchaus etwas anderes passieren kann.

Kleine Klebesensoren mit kindgerechten Motiven, die jedoch allein die Eltern wie auch immer beruhigen sollen, registrieren die Herzfrequenz, die Sauerstoffsättigung des Blutes, die Respiration. Die Messergebnisse erscheinen auf einem Bildschirm.

Atmet das Kind zu flach, sackt der Puls in der Keller, ist die O_2-Versorgung des kleinen Körpers nicht mehr ausreichend – alles hängt hier mit allem zusammen! –, blinkt eine Diode, und ein alternierender Warnton erklingt, der mir aus 60er-Jahre-Science-Fiction-Filmen bekannt vorkommt.

Unterschreiten die Vitalfunktionen des Kindes noch

einen weiteren Grenzwert, ertönt ein anderes Signal, dem man die gesteigerte Dringlichkeit aufgrund der höheren Frequenz und der kürzeren Pausen deutlich anhört.

Diese Warnungen werden von einer Krankenschwester ›bestätigt‹, also abgestellt, und gegebenenfalls, falls es sich nicht um einen Fehlalarm handelt, denn die Sensoren sind sensibel und entsprechend störanfällig, in die Krankenakte eingetragen.

Spätestens nach zwei, drei Tagen hat man den Bildschirm genauso oft im Blick wie das eigene Kind. Krisen sieht man langsam sich aufbauen, sich nähern, und ich höre das Signal schon lange, bevor es akustische Wirklichkeit wird. Man wundert sich manchmal sogar, warum es nicht erfolgt, obwohl man sich doch genau daran erinnert, dass bei diesem Wert gestern oder heute Vormittag das Gerät angeschlagen hat.

Das gehört zu den kleinen Mysterien der Gerätemedizin, zumindest so lange, bis ich mitbekomme, wie eine Krankenschwester die Warnungs-Parameter neu justiert. Offenbar werden sie dem Kind ständig angepasst.

Informiert wird man darüber nicht, denn man soll sich um die Geräte nicht kümmern, sondern sein Kind ansehen. Das nehme ich mir dann auch immer wieder vor, aber es gelingt nie.

Nach ein paar Tagen, als ich wieder denken kann, fällt mir Monty Pythons *Sinn des Lebens* ein, unweigerlich, und zwar die Eingangs-Episode »Das Rätsel der Geburt«.

Der infantile Arzt zeigt sich bockig, will nicht operie-
ren ohne die gerade eben für viel Geld neu angeschaffte
»Maschine mit dem Ping« …

NACH DEM FRÜHSTÜCK ins Krankenhaus zu Heike. Sie will unbedingt gleich zu Oscar fahren und zieht sich mit meiner Hilfe Straßenkleidung an, unter starken Schmerzen. Danach laufe ich zurück und hole das Auto. Ich parke vorm Eingang, von mir gestützt schafft sie die Treppe. Es geht nicht sehr gut, jeder Schritt tut ihr weh, aber sie kämpft sich da herunter, um ihren Sohn endlich sehen zu können.

Wir fahren in die Intensivstation.

Ihm geht es schon besser, erzählt uns ein Pfleger, als wir uns anmelden, er braucht nur noch wenig Sauerstoff.

Heike nimmt behutsam seinen Hinterkopf in ihre Handschale und summt ihm Zärtlichkeiten zu, ich stehe daneben und könnte schon wieder heulen vor Sorge und Liebe, die sich nicht richtig ausagieren lässt. Man will ihn ja in den Arm nehmen, knuddeln, streicheln.

Mittags fahren wir wieder zurück.

»Das schafft unser kleiner Schatz schon!«, sagt sie.

EINE KRANKENSCHWESTER EILT zu einem Baby, das jetzt drei Wochen alt ist respektive sich in der 29ten Schwangerschaftswoche befände. Beide Daten sind hier wichtig, lebenswichtig.

Laut dem Monitorklingeln schwebt es in Gefahr, und deshalb läuft die Schwester, öffnet dann aber mit großer Ruhe die Inkubatorklappen, hebt das Kind raus, animiert es durch kräftiges Streicheln und redet zärtlich auf es ein.

»Hey, das geht aber nicht … Erst schimpfen wie ein Rohrspatz, und jetzt spielst du hier den blauen Klaus? Du musst auch ein bisschen mitmachen, ja, schön atmen, so ist gut …«

Heike abgeholt und zu Oscar gefahren. Heikes Eltern und ihr Bruder kommen sie am Nachmittag besuchen, meine Eltern treffen etwas später ein. Gemeinsam fahren wir in die Holwedestraße und schauen durchs Fenster. Er hat sein Köpfchen abgewandt. Als ich gegen Abend nochmal hinfahre und ihn streichle, muss er kaum noch beatmet werden. Das Klinikpersonal zeigt mir, wie zufrieden sie mit der Entwicklung sind. Fast schon zu deutlich.

Es gibt für die Angehörigen die Möglichkeit, von der rückwärtigen Seite der Intensivstation durchs Fenster zu schauen. Wir haben Glück, dass Oscars Inkubator direkt davor steht.

Uns ist beiden etwas mulmig, Wochen später erst reden wir darüber und überraschen uns damit, dass wir damals – es kommt einem dann auch tatsächlich wie ein Damals vor – dasselbe gefühlt haben.

Wir fürchten die Reaktion der Familie, das verdoppelt unsere Ängste. Denn jetzt sind wir auch noch in der Rolle der Vermittler, die ihnen erklären sollen, was hier passiert, und dass es alles ganz in Ordnung ist, wie es hier passiert. Wir färben für sie die Realität schön, wir machen ihnen Mut und achten ängstlich auf jede skeptische Reaktion, die anzeigen könnte, dass wir etwas übersehen haben.

Ein mitleidiges »Ogottogott« meiner Mutter versetzt uns einen Stich. Das trage ich ihr nach. Wie ich mir jeden falschen Kommentar merke und ihr nachtrage. Jahre später erzählt sie mir am Telefon, dass sie damals, als sie ihn zum ersten Mal gesehen habe durch das Fenster, nicht daran geglaubt habe, »dass er nach Hause kommt«.

Ich werde wütend und muss mich beherrschen, um sie nicht anzuschreien, als wäre ich noch immer in dieser Vermittlerrolle, als ginge es immer noch darum, ihr und damit auch mir zu beweisen, dass alles in Ordnung ist.

Ich erzähle ihr, dass man ihr diese Zweifel damals durchaus angemerkt habe und dass sie für uns eine ziemliche Belastung dargestellt hätten.

»Wir sind im Nachhinein beide zu dem Entschluss gekommen, dass es besser für uns gewesen wäre, wenn wir euch Oscar nicht gezeigt hätten.«

Daraufhin ist sie eingeschnappt.

Wenn ich ehrlich bin, habe ich nichts anderes gewollt.

AM NÄCHSTEN MORGEN rufe ich bei der Station an. Oscar soll demnächst der Beatmungsschlauch gezogen werden. Das ist eine gute Nachricht, bedeutet aber auch, dass wir ihn erst am Nachmittag besuchen können.

Er liegt auf der Seite und atmet ganz von allein, der liebe kleine Junge. Er spuckt ein wenig von der Säuglingsnahrung aus.

»Speikinder – Gedeihkinder«, weiß die Hebamme. Wenn das stimmt, müssen wir uns keine Sorgen machen.

In den ersten Tagen der Schwangerschaft kauft Heike ein Winnie-the-Pooh-Kuscheltier, in dem sich auch eine Spieluhr zum Aufziehen verbirgt. Irgendwo hat sie gelesen, dass man dem Kind bereits *in utero* eine Melodie vorspielen soll. Hört das Neugeborene diese Melodie, wird das Gefühl der Geborgenheit im Mutterleib über den akustischen Reiz aufgerufen. Das Kind fühlt sich weniger fremd in den ersten Stunden und Tagen seines Lebens.

Winnie the Pooh hat eine Strippe zwischen den Beinen. Wenn man daran zieht, ertönt das *Wiegenlied* von Johannes Brahms, aber glücklicherweise nur in einer akustischen Version.

Ich kann mich noch gut erinnern, wie mich die erste Strophe als Kind verstört hatte. »Guten Abend, gut' Nacht, / mit Rosen bedacht, / mit Näglein besteckt, / schlupf unter die Deck': / Morgen früh, wenn Gott will, / wirst du wieder geweckt.«

Dass es sich um eine fromme, spätmittelalterliche Demutsgeste handelt, so alt ist der Text schon, versteht ein Kind nicht. Es nimmt alles für bare Münze und glaubt, Gott könne aus irgendeinem Grund vielleicht nicht wollen, dass es wieder erwacht.

Eben daran denke ich, als Heike die Spieluhr mitnimmt auf die Frühchenstation, um sie Oscar in den Inkubator zu legen. Für einen Moment will ich sie davon abhalten, weil ich mein kindliches Missverständnis als böses Omen deute. Aber wenn man mit solchen Aberglaubeleien erst mal anfängt, wo hört man dann auf?

Heikes Fürsorge siegt sowieso, also sage ich ihr gar nichts von meinen Bedenken. Wenn die Melodie Oscar ein wenig Sicherheit gibt, hat sie ihre Aufgabe erfüllt.

Und so sitzt nun Winnie the Pooh an seinem Kopfende und wacht über den kleinen Jungen. Nach jeder Mahlzeit, zunächst noch über eine Magensonde, und nach jeder Pflegeeinheit der Schwester wird die Spieluhr aufgezogen und es erklingt Brahms aus Winnies Bauch. Noch ist er größer als Oscar.

21. April

Wir fahren mit dem Taxi in die Klinik. Er hat die Nacht gut überstanden. Heute legen sie ihn auf Heikes nackte Brust und nehmen ihm auch schon den Respirator weg, die Atemhilfe, die ihm Frischluft zuströmen lässt und ihn so zum Atmen anhält. Für eine Stunde macht er das ganz gut, dann bricht er einmal kurz ein, atmet zu flach, und die Schwestern legen ihn wieder zurück in den Inkubator. Wir sind bis 13 Uhr bei Oscar. Nachmittags gehen wir ein bisschen spazieren. Heike hat Schmerzen, das steht in ihrem Gesicht, aber sie beißt sich durch, um schnell wieder auf die Beine zu kommen. Abends nochmal eine Stunde bei ihm.

22. April

Kurz vor acht aufgestanden, aber trotz der neun Stunden nicht richtig ausgeschlafen. Oscar auch nicht. Oder die Frühvisite mit Wiegen und umfangreichen Untersuchungen hat ihn zu sehr angestrengt. Er hängt durch, wirkt kaputt, Schwester Bianca will ihn heute lieber nicht aus dem Inkubator nehmen.

Abends macht er wieder einen ganz agilen Eindruck, schaut uns an. Kann er uns schon sehen? Wohl kaum. Zumindest auf Heikes Stimme und ihre Liebesbekundungen reagiert er fast andächtig.

Wir besorgen in der Apotheke eine Milchpumpe. Danach zu Oscar. Heike erlebt das pure Glück, sofern es das auf einer Intensivstation gibt. Dreieinhalb Stunden liegt er in ihren Armen, auf ihrer Brust und atmet ruhig. Nur mit ein paar Aussetzern, die sie sofort bemerkt und unterbindet, indem sie ihn mit einem leichten Anstupsen oder Kitzeln zum Atmen animiert. Ihre ganz selbstverständliche Professionalität weckt große Zuneigung in mir bzw. ich werde mir ihrer wieder sehr bewusst in diesem Moment.

Ich kenne das Kinderbuch von A. A. Milne und mag es sehr. Vielleicht ist auch das der Grund dafür, dass ich dem *Wiegenlied* keine Macht zuschreibe. *Pu der Bär* enthält die weiße Magie, die den bösen Zauber vertreibt, nämlich Freundlichkeit und Humanität und ein Urvertrauen, dass alles am Ende schon irgendwie gut wird. Ich weiß selbst, wie naiv und irrational das ist, aber es wirkt. So wie in dem Kapitel, in dem der Esel I-Ah seinen Schwanz verliert und ganz unglücklich ist darüber und sein Freund Pu ihn zufällig wiederfindet.

»Hübscher Klingelzzzug, stimmt'sss?«, sagte Eule.

Pu nickte.

»Er erinnert mich an etwas«, sagte er, »aber ich komme nicht darauf, woran. Woher hast du ihn?«

»Ich bin im Wald darauf gestoßßßen. Er hing an einem Busch, und zzzuerssst dachte ich, daßßß dort jemand wohnt, desssshalb habe ich daran geklingelt, und nichtsss passssssierte, und dann habe ich noch einmal ganzzz laut geklingelt, und da isst esss abgegangen, und ich hatte esss in der Hand, und weil niemand esss zu brauchen schien, habe ich esss mit nach Hause genommen, und …«

»Eule«, sagte Pu feierlich, »du hast einen Fehler gemacht. Jemand hat es gebraucht.«

»Wer?«

»I-Ah. Mein lieber Freund. I-Ah. Er … Er hatte es sehr lieb.«

»Lieb?«

»Er war ihm verbunden«, sagte Pu traurig.

Und dann nimmt Pu den Schwanz und bringt ihn zurück zu I-Ah, und Christopher Robin nagelt ihn wieder an seinen richtigen Platz, in Kinderbüchern geht so etwas ganz leicht, und anschließend tobt I-Ah wieder auf der Wiese herum und wedelt so glücklich mit dem Schwanz, dass »Winnie-dem-Pu ganz komisch zumute« wird und er schnell nach Hause geht, »um einen kleinen Mundvoll oder ähnliches zu sich zu nehmen, um bei Kräften zu bleiben«.

Daran denke ich ein paar Wochen später, als Schwester Beatrice Oscar voller Begeisterung auf den Arm nimmt und mit ihm nach draußen auf den Stationsflur tritt. »Oscar hat eben 105 Milliliter getrunken!«, ruft sie laut. Und die anderen Schwestern und Pfleger stecken die Köpfe aus den Zimmern und jubeln oder spenden grinsend Beifall. Mir kommen die Tränen, so freue ich mich. Ein kleiner Mundvoll, um zu Kräften zu kommen.

ICH MAG AUCH A. A. Milne selber. Harry Rowohlt, der Übersetzer von *Winnie-the-Pooh*, hat ihn in seinem *Who is Pooh?*-Aufsatz sehr treffend und gewinnend porträtiert. Man habe ihm vorgeworfen, »dass er, der flammende Pazifist, im ersten Weltkrieg nichts Flammendes gegen den Krieg geschrieben hat. Das Flammendste war wohl, dass er − als Signaloffizier an der Front − kaum noch etwas schreiben konnte, aus Ekel, Scham und Wut.

›Wenn ich dies überlebe‹, schrieb er seinem Bruder, ›werde ich die Liebe neu erfinden. Wer meine Frau und mich besuchen kommt, muss mir die linke Hand drücken, denn mit der rechten halte ich Händchen.‹ Für mich ist das flammend genug.«

ICH GLAUBE NATÜRLICH NICHT wirklich daran, dass Pu der Bär eine Art von Schutz- und Abwehrzauber bewirkt, aber vermutlich würde ich es gern glauben.

Das erinnert mich an die Frau, die mit ihrer Tochter wegen einer Gürtelrose zu einer Kräuterhexe geht, um die Krankheit »besprechen« zu lassen. Als ihr Mann sie daraufhin zur Rede stellt, rechtfertigt sie sich. »Natürlich glaube ich nicht an diesen Hokuspokus, aber ich habe gehört, es soll auch helfen, wenn man nicht dran glaubt.«

MEIN OPA ERZÄHLTE mir als Kind oft Geschichten aus seiner Jugend und jungen Erwachsenenzeit. Es gab da mal eine alte Frau, die war in unserem Dorf als Hexe verschrien. Sie sei ein richtiges »Speukedier« gewesen, so bezeichnete die niedersächsische Landbevölkerung am Anfang des Jahrhunderts unheimliche Menschen, Frauen zumal, die selbständig und am Rande der Gesellschaft ihr Leben fristeten. Man habe sie, angeblich, bei Gewitter draußen herumgeistern sehen, im Dunkeln sei sie auf fremden Grundstücken anzutreffen gewesen, habe sich in anderer Leute Ställe geschlichen und hinter Wohnzimmerfenstern gestanden, um die Menschen zu belauschen. Angeblich. Wenn Tiere plötzlich und scheinbar grundlos verendet seien, habe man natürlich gleich die Hexe im Verdacht gehabt.

»Dummer Aberglaube«, sagte mein Opa und schüttelte den Kopf. Er sei ihr stets freundlich begegnet, habe sie sogar in den Stall gelassen, und nie sei den Tieren etwas passiert.

»Vielleicht ist ja nur nichts passiert, weil du so freundlich zu ihr warst«, gab ich einmal zu bedenken.

Da lachte er. »Ein Grund mehr, freundlich zu sein, oder?«

WÄHREND DER GANZEN ZEIT denkt keiner von uns beiden jemals darüber nach, wir haben später oft darüber geredet, ob der Kinderwunsch möglicherweise ein Fehler war. Die Frage stellt sich nicht. Wir sind viel zu beschäftigt. Und völlig trostlos sind die Krankenhaustage sowieso nicht. Im Gegenteil. Wir erleben sie nicht erst im Nachhinein fast als Glück, als eine Art gesteigertes Dasein. Jedenfalls auch. Sicher kann man sich bei seinen Emotionen ohnehin nie sein.

Beim Schreiben fällt mir Ernst Jüngers Apologie des Kampfes ein, wie er ihn in *Stahlgewittern* ziemlich ekelerregend besingt. Dieses Gefühl des intensivierten Lebens, das wir hier mitunter erfahren, genau das ist es ja, was ihn so erfüllt und sein Pathos befeuert und dabei völlig vergessen lassen hat, welchen Preis alle dafür zahlen.

Jedenfalls haben wir auch dieses verwirrende Gefühl der Auszeichnung.

»Stell dir mal vor, Oscar hätte eine ganz normale Geburt gehabt!«, sagt Heike irgendwann. »Dann hätten wir all das Glück gar nicht erlebt.«

Ich will sofort widersprechen, aber das ist nur die Ratio, die einem das schlechte Gewissen macht, ich empfinde es ganz genauso.

MEINE FRAU UND ICH kommen aus nahe gelegenen Dörfern.

Wir haben uns kennengelernt in einem Club, da waren wir beide in den Zwanzigern.

Ich muss ihr vorher schon mal begegnet sein.

Vielleicht haben sich beim Einkaufen in der nahen Kreisstadt zufällig unsere Blicke getroffen, beim Tanzen auf irgendeiner Abiparty unsere Schultern berührt, vielleicht habe ich ihren Atem im Nacken gespürt im Gedränge vor einer Konzertbühne oder im Kino eine Reihe hinter ihr gesessen.

Man ist einander begegnet und hat nichts bemerkt, schon gar nichts von irgendeinem Fatum.

24. April

Kein Freigang für Oscar, zu viel los. Das Pflegepersonal ist gestresst, und Schwester Lydia, die ihn heute betreut, geht wenig zimperlich mit ihm um. Traue mich nicht, sie zu ermahnen. Was soll man auch sagen? Sicher Feigheit und übertriebene Harmoniebedürftigkeit. Hänge aber auch dem Aberglauben an, dass Freundlichkeit und Verständnis vom Gegenüber gespiegelt werden und letztlich also auch Oscar davon profitiert.

Anschließend mit Freund Jo zu Ikea, um eine Wickelkommode zu kaufen. Wann wir die wohl benutzen können?

Wickelkommode zusammengeschraubt. Danach zum Standesamt, Geburtsurkunde und Anträge für Kinder- und Erziehungsgeld besorgt. Oscar hat 35 Gramm zugenommen. Er darf aus dem Aquarium, ist aber sehr instabil, sackt oft weg und muss deshalb schon nach einer knappen Stunde wieder zurück. Aber auch dort und trotz Respirator nimmt er sich immer wieder Verschnaufpausen und muss zum Atmen ermuntert werden. Vielleicht ist er einfach erschöpft. Seine Verpflegung wurde umgestellt, statt 8 × 13 bekommt er nun 8 × 16 Gramm Frühchennahrung. Er muss deutlich mehr Verdauungsarbeit leisten. Das schlaucht ihn.

Man sollte das möglichst verdrängen, aber wenn man ihn nicht regelmäßig aus seinen Tiefstschlafphasen herauskitzelte, würde er schließlich ganz einschlafen.

27. April

Oscar weiterhin instabil. Man vermutet einen Infekt, aber die Blutuntersuchung ergibt keinen Befund. Zumindest einen bakteriellen Infekt kann man ausschließen. Vermutlich ein Sekretproblem. Man kann aber auch nicht zu oft Hals und Nase absaugen, die Schleimhäute sind schnell wund. Als man das heute praktiziert, blutet sein Hals schon etwas. Sieht schlimm aus, was sie da rausholen.

EIN PAAR TAGE NACH OSCARS GEBURT fahren meine Eltern in den Urlaub an die Ostsee.

»Die Wohnung ist ja gebucht.«

Wir können diese Indolenz beide nicht fassen.

Auf der anderen Seite Heikes Mutter, die am liebsten jeden zweiten oder dritten Tag dabei wäre und uns damit überfordert und noch dazu ständig Kuchen mitbringt für die Station. Sie zieht diese Ich-habe-Mitleid-und-will-nur-helfen-Show ab, und die geht mir genauso auf den Zeiger.

Fakt ist, dass man es uns in diesen Tagen nicht recht-machen kann. Dass wir ungerecht sind, fällt uns erst viele Jahre später auf.

»Du warst ein fröhliches Kind«, sagt meine Mutter stets. »Hast ständig gesungen und gelacht.«

Warum erinnere ich mich daran nicht?

Und warum bin ich traurig, wenn ich die alten Bilder sehe? Das ist nicht die Trauer darüber, dass die Kindheit endgültig vorbei ist. Ich bin froh drum. Ich will nicht wieder dorthin zurück. Keine einzige Urlaubserinnerung, die mir jetzt das Herz aufgehen lässt. Was war da anders bei uns?

Sie blättert im Fotoalbum. »Schau mal!«, sagt sie. Ich mit dem Handstock meines Vaters, der geht mir bis zum Hals, voll mit Wanderabzeichen.

Ich grinse, aber so, dass man die Wehmut dahinter ahnt. Vielleicht lese ich auch einfach zu viel in diesen unscharfen Schnappschuss hinein.

»Wir wandern, wir wahandern.« Meine Eltern können sich heute noch kaputtlachen, wenn sie sich daran erinnern, wie sehr ich die Urlaube in den Alpen gehasst habe. Später, als ich zu Hause ausgezogen war, fuhren sie ans Meer.

In Wildbad Kreuth durfte ich mal im Auto spielen. Plötzlich rollte ich rückwärts den Berg hinunter auf eine Kreuzung zu. Mein Mutter schrie. Mein Vater rannte, riss die Tür auf und zog die Handbremse. Weil Urlaub war, bekam ich nicht mal eine geschallert, obwohl ich sie verdient gehabt hätte.

Am Inkubator nebenan ist heute die Großmutter dabei und schaut sich mit Tränen in den Augen ihr frühgeborenes Enkelkind an.

Die Mutter reagiert leicht genervt und schildert den Zustand ihres Kindes sehr schnell und sehr positiv, vermutlich positiver, als er in Wirklichkeit ist. Ihre Schwiegermutter soll sich jetzt nicht auch noch aufregen. Vor allem aber will sie sich selbst nicht noch mehr aufregen. Dabei tut sie das längst, weil sie die Reaktion ihrer Schwiegermutter fertigmacht.

Nach fünf Minuten wird es der Großmutter zu langweilig, und so geht sie die anderen Inkubatoren ab und sieht neugierig in die Schaufenster. Sie lässt sich nicht mal von anwesenden Eltern stören, die mit leisen Worten auf ihr Baby einreden.

Ich will ihr irgendeine Frechheit an den Kopf werfen, traue mich aber nicht, vielleicht weil mir als kleines Kind eingebläut wurde, man habe alten Menschen gegenüber freundlich und nachsichtig zu sein.

Endlich weist eine Schwester sie freundlich zurecht.

»Bitte bleiben sie bei ihrem Kind … Das müssen sie verstehen, die Eltern haben vielleicht etwas dagegen, dass sie hier so …« Auch sie enthält sich einer Frechheit.

Die Großmutter zieht schmollend ab und diskutiert nun leise mit ihrer Schwiegertochter über das ungehörige Verhalten der Krankenschwester.

»Ach, ich kann das verstehen«, sagt die Schwiegertochter, »mir wäre das vielleicht auch nicht recht.«

Wie selbstverständlich steigen Gewaltphantasien in
mir auf, in denen diesen beiden Frauen eine tragende
Rolle zukommt.

Im Elternzimmer sitzt eine unnatürlich bleiche Frau mit einem irgendwie zerdellten Kopf und debilen Augen. Der Mann wird durch die Tür verdeckt, aber er spricht eine laute, undeutliche, zernuschelte, abgehackte Trinkersprache, mehr ein Sprachrudiment. Und was sie darauf antwortet, passt irgendwie zu ihrem Gesicht.

Ich versuche mich aufs Händewaschen zu konzentrieren, muss aber trotzdem hinhören und werde wütend, als sie und wie sie über ihr Kind sprechen.

Einen kurzen Moment lang denke ich an all die schlimmen Sachen, die der Volksgesundheit dienen sollten …

Ich hab mich gleich wieder im Griff, schüttele beschämt den Kopf, aber dieser eine kurze Moment lässt sich nicht verleugnen.

Wo alles fremd ist, ist es die Sprache vor allem. Gar nicht in erster Linie der medizinische Jargon, das *Pschyrembel*-Latein. Irgendwann hat man es eben raus, dass mit *Apnoe* eine Atempause, mit *Bradykadie* ein Absenken der Herzfrequenz gemeint ist und so weiter ... Darauf bin ich gefasst, so wie ich erwarte, dass die Menschen im Ausland ihre Landessprache sprechen.

Viel merkwürdiger ist der Umstand, dass eine *Bradykadie* genommen, geboten, gegeben oder hingelegt wird. Das eigentlich Verwunderliche sind die Leihwörter aus der Sprache des Alltags, die hier mit leicht modifizierter oder metaphorisierter Bedeutung Verwendung finden. Und mit welcher Selbstverständlichkeit Ärzte und Pflegepersonal solche Begriffe wie *Elternschleuse* verwenden, oder dass sie ein Medikament *ausschleichen* wollen oder ein anderes *umsetzen*. Vielleicht fällt es mir so auf, weil einem etwas so Bekanntes wie die eigene Sprache entfremdet wird. So ähnlich muss es sein, wenn man in den USA auf eine deutschsprachige Kolonie trifft, Nachfahren der pietistischen Emigranten aus dem 18. Jahrhundert, die noch das Deutsch des Aufklärungszeitalters sprechen. Wahrscheinlich fühlt man sich dort weniger unsicher, wenn man sich mit ihnen auf Englisch verständigt.

EINE FRAU STILLT ihren Sohn. Ihr Mann sieht ihr dabei zu.

»Stört dich das?«, fragt sie.

»Nein, wieso?«

»Na, das war ja bisher immer dein Spielzeug.«

Am Fenster sitzt eine dicke Frau. Ich schaue instinktiv auf ihre entblößten Brüste, ausladende, beinahe formlose, hängende Titten, die wirklich jegliche sexuelle Konnotation verloren haben. Bloße Nahrungsspender. Sie lächelt mich an, selig, glückliches Muttertier. Gleich wird sie ihr Kind sattmachen. Und man traut ihr ohne Weiteres zu, dass ihr das gelingt. Ich bereue meinen Blick, aber ein bisschen geniert mich auch ihrer. Die darin aufgehobene Seinsgewissheit, das absolute Einverständnis mit der Phylogenese, die totale Natur. Schließlich schäme ich mich auch noch für meine Arroganz.

Abends treffe ich meinen Freund Jo und wir machen das, was wir zusammen am besten können – uns betrinken.

Heike will ihr Kind stillen, aber Oscar ist wochenlang nicht in der Verfassung, dass man ihn an ihre Brust legen könnte. Er ist zu schwach, ihm fehlt noch der Saugreflex. Er wird via Magensonde ernährt. Die Ärzte raten ihr abzupumpen, damit der Milchfluss nicht versiegt, und die Muttermilch mitzubringen. Man werde ihn damit füttern, wenn die Keimzahl im Toleranzbereich liege. Sie setzt sich der unangenehmen

Prozedur aus, aber die mitgebrachten Portiönchen genügen nie den Ansprüchen des Labors. Die Milch wird entsorgt.

Es beginnt ein wochenlanger Eiertanz um größere Sterilität. Sie variiert die Methode, benutzt unterschiedliche Desinfektionsmittel, verschiedene Transportfläschchen, sie pumpt just in time ab, aber all das führt so gut wie nie zum Erfolg. Bei den paar Gelegenheiten, als man ihre Milch für tauglich erklärt, hegt sie den Verdacht, dass man nur ihre Motivation stärken will, weil beim nächsten Mal unter den gleichen Bedingungen die Probe wieder nicht den Anforderungen genügt. Heike ist völlig frustriert, weil sie offensichtlich etwas falsch macht, aber keiner sagen kann, wo der Fehler liegt. Ich gehe mit ihr auf Fehlersuche, es ändert sich nichts. Man gibt ihr Tipps, aber keiner führt dauerhaft zum Erfolg. Das ist ihre tägliche Prüfung, bei der sie in der Regel durchfällt.

Ich bin sauer auf das Personal, als mir eine sehr liebe, uns gewogene Schwester im Vertrauen erzählt, sie sage sowieso immer, die Milch sei in Ordnung, um die Mütter nicht noch zusätzlichem Stress auszusetzen. Aber es gibt hier keine einheitlichen Verhaltensregeln. Die meisten setzen ihr enttäuschtes Gesicht auf und bringen schlechte Kunde. Es hat mal wieder nicht gereicht. Heike weint gelegentlich.

Ich versuche mich einzufühlen, aber was es für eine Mutter bedeutet, ihr Kind nicht ernähren zu können, kann ich mir schlicht nicht vorstellen. Da ist so viel animalischer Instinkt im Spiel, dass ich mit der bloßen Vernunft nicht dahinterkomme. Ich sehe ihr Unglück, aber ich verstehe es nicht.

Rituelle Standards waren längst vor mir da. So wird ein Frühchen, das, für kurze Zeit aus dem Inkubator genommen, auf der Brust der Eltern schläft, von jedem Neuankömmling stets und obligatorisch mit einem freundlichen Wort bedacht. Das übliche Lächeln mit dem informellen »Hallo« reicht da nicht mehr. Hier geht es um mehr!

Ein anderer Vater nickt freundlich und sagt sehr ernst: »Das ist gut!« Eine Krankenschwester, die gerade Pause gemacht hat und nun das Zimmer (»die Box«) betritt, lächelt professionell.

»Na, hier wird aber ordentlich gekuschelt?!«

Eine andere spricht den schlafenden Säugling direkt an: »Na? Das gefällt dir wohl, was? Das kann ich mir vorstellen.«

Und als ich selber auf eine solche Situation treffe, sage ich spontan ganz ähnliche Sachen, obwohl ich es auch wieder albern finde. Der Reflex, etwas Nettes zu sagen, ist vermutlich kein in diesem Milieu erlernter, sondern das pure Mitgefühl. Und das hat durchaus etwas Tröstliches und alle Albernheiten beinahe Entschuldigendes.

4. Mai

Oscar hat sein Geburtsgewicht wieder – 1740 Gramm.
Heute legt Schwester Beate mir den kleinen Kerl auf
die Brust. Aber nicht für lange, er ist immer noch instabil und hat diverse Atemaussetzer, so dass man ihn bald
wieder in den Inkubator zurücklegen muss. Aber da ist
er auf einmal hellwach, sieht uns die ganze Zeit fragend,
ja fast verwundert an.Vielleicht hört er unseren Stimmen
zu und spürt unsere Hände.

DIE MAGIE DER ZAHLEN begegnet einem immer wieder in den ersten Wochen. Alle Kinder nehmen ab nach der Geburt, aber wenn man nur dreieinhalb Pfund wiegt, fallen die paar Gramm stärker ins Gewicht. Es dauert immerhin zwei Wochen, bis er die wunderbaren 1740 erneut erreicht. Was ist das für eine schöne Zahl – 1740. Tausendsiebenhundertundvierzig.

LIEBER ULI,

Heikes Schwangerschaft nahm einen ungünstigen Verlauf. Es fing an mit leichtem Ziehen im Unterbauch, der Arzt stellte eine leichte Wehentätigkeit fest und einen geringfügig verkürzten Gebärmutterhals, das heißt so!

Alles nicht so tragisch. Heike ließ sich vorsorglich stationär aufnehmen, ein wehenhemmendes Mittel via Tropf geben und musste viel liegen. Nach einem Tag schien alles in Butter, sie hätte die ganze Restschwangerschaft flachliegen, sich schonen müssen, wäre aber ja alles kein Problem gewesen – nur wurde am Gründonnerstag plötzlich ihr Blut schlecht, die Leberwerte verschlechterten sich ebenfalls, und das Kind im Bauch schob Stress, war die ganze Zeit mit der Herzfrequenz auf 200, was auf eine Sauerstoff-Unterversorgung schließen lässt. Alles zusammen ist ein Indikator für das sogenannte »HELLP-Syndrom«, so eine Art allergische Reaktion der Mutter auf das Kind ... Das haben die Ärzte innerhalb einer halben Stunde entschieden, Heike rief mich aus dem Kreißsaal an, wusste immer noch nichts Genaues, nur, dass irgendwas schieflief ...

Ich also da hingesprintet, das Krankenhaus liegt ja bei uns um die Ecke, fünf Minuten zu Fuß, da hatte Heike schon die grüne Nachtmütze auf, im Laufschritt in den OP-Saal, Vollnarkose, das Kind geholt ... Ich war mit dabei, habe Heikes Hand gehalten, dann flitzte die Hebamme mit dem Kind vorbei und gab mir Zeichen, ich möge doch hinterherkommen, zwei Kinderärzte versorgten ihn, die obligatorische Erstbetreuung, und da lag er nun, der kleine Oscar, zehn Wochen zu früh an Land gespült worden, nach Luft schnappend, die Welt nicht mehr bzw. noch nicht verstehend, aber wacker schreiend und atmend, ein echter Fighter … Nach einer halben Stunde war Schluss, die Lungenoberfläche wie immer bei 29-Wöchnern viel zu klein, um den Körper ausreichend zu versorgen, er wurde künstlich beatmet …

Aber Uli, stell Dir vor, so eine halbe Stunde Kampf um die Existenz, eine halbe Stunde! Offenbar hat das seinen ganzen Lebensmut gekostet, trotz Sauerstoffgaben wollte und wollte es ihm nicht besser gehen, nach einer Stunde rief ich an bei der Kinder-Intensivstation, und da war immer noch nichts ausgemacht, Heike im Aufwachraum stöhnte vor Schmerzen …

Nach zwei Stunden war er dann endlich »stabil«, das heißt, er ließ sich normal künstlich beatmen und lag im Inkubator. Gleich darauf hat man ihm eine Art Gel in die Lungen eingeflößt, das die Oberfläche vergrößern und die Lungenbläschenbildung vermehren soll … Und das klappte augenscheinlich. Noch in der Nacht hat man die Sauerstoffzugaben verringert, und am nächsten Morgen war er extubiert, seitdem hat er eine Atemhilfe, einen kleinen Plastikschlauch in der Nase, durch den leicht angefeuchtete Raumluft strömt, damit er weiterhin angehalten wird, tief durchzuatmen. Mittlerweile ist das nämlich gar kein Lungenproblem mehr, sondern ein neurologisches resp. zerebrales, das Kleinhirn ist einfach noch zu klein und folglich noch nicht ganz instinktsicher, er vergisst einfach gelegentlich zu atmen.

Jetzt nimmt er zu, wog heute Morgen 1760 gr. auf 44 cm Länge, und ist der süßeste kleine Junge der Welt. Mein Junge! Und wo ich das hinschreibe, stehen mir schon wieder die Tränen in den Augen.

Schwer zu sagen, wann er nach Hause kommt. Das sagt einem keiner hier. Vielleicht in vier Wochen? Bis dahin fahren wir jeden späten Vormittag und frühen Abend für 2–3 Stunden hin und tun die Dinge, die Eltern so machen, sofern sie sich machen lassen durch die beiden Inkubatorklappen. Gelegentlich darf er auf Heikes Brust oder Arm, aber viel zu selten, weil die räumliche und personelle Situation auf der Intensivstation – sagen wir mal: nicht gerade ideal ist.

Ich höre jetzt schon auf davon … Du brauchst dir keine Sorgen zu machen, dass ich Dich von nun an regelmäßig mit Frühchengeschichten versorge, nur diese eine Mail sollte Oscar und Heike gehören, ihnen ganz allein.

Herzlich grüßt Dich
Dein Frank

Ich kürze meinen Besuch heute ab, um schnell einkaufen zu fahren. Heike bleibt noch bei ihm. Wir treffen uns zum Mittagessen gleich gegenüber im *Havanna,* das kurioserweise ein türkisches Restaurant ist.

Heike schaut ganz unglücklich. Sie hat in der Elternschleuse beim Rausgehen eine Bekannte aus ihrem Heimatdorf getroffen. Sie und ihr Mann haben ebenfalls Nachwuchs bekommen. Sie hatte zuvor schon zwei Fehlgeburten. Dieses Mal schien alles zu klappen. Sie schont sich, geht frühzeitig in den Mutterschutz, aber dann kommt auch dieses Kind zu früh. Ein Mädchen, Mareille.

Heike versucht sie zu trösten. Hier in der Holwede-Klinik sei ihre Tochter in guten Händen. Und ich denke unpassenderweise an das tragische *Robocop*-Diktum. »Die kriegen das hin, die kriegen alles wieder hin.«

Aber sie kriegen es nicht wieder hin. Heikes Bekannte hat das wohl schon geahnt. Sie fällt ihr in den Arm und weint bitterlich. Heike spricht ihr Mut zu, ist allerdings auch leicht überfordert.

»Wir haben uns zwanzig Jahre nicht mehr gesehen«, erzählt sie mir später im Auto, »und echte Freundinnen waren wir damals auch nicht.«

In den nächsten zwei Wochen sehe ich die beiden des Öfteren. Er ist ein blonder Sympath, der mit einem freundlichen Gesicht auf die Welt gekommen ist, er kann gar nicht anders. Und sie trauert schon vor der Zeit. Sie schafft nicht mal ein Begrüßungslächeln, sie ist einfach zu enttäuscht vom Schicksal oder von ihrem Gott. Sie hadert mit allem. Ein Lächeln würde sie vermutlich als viel zu großes Einverständnis mit ihrer Situation ansehen, und ich kann das sogar verstehen.

Mareille muss mehrere schwere Operationen durchstehen, die ihren Zustand nicht verbessern können. Nach drei Wochen ist ihre Leidenszeit vorbei.

Wir sehen die beiden nie wieder, lesen aber kurze Zeit später die Traueranzeige. Heike findet ihre Adresse heraus, und ich schreibe eine Trauerkarte. Ich sitze den ganzen Vormittag daran, verwerfe wieder, schreibe um, schreibe neu und muss mich am Ende doch mit Formeln behelfen.

Es gibt diese Geschichte von Flaubert – glaube ich. Ein Diener bringt ihm die unfrohe Kunde, dass sein Freund in der letzten Nacht verstorben ist. Flaubert bittet den Diener, eine Weile zu warten, er wolle ihm gleich ein Kondolenz-Billet für die Witwe mitgeben, und zieht sich zurück. Nach einer Stunde klopft der Diener, er müsse jetzt wirklich los. Es sei noch so viel zu tun im Trauerhaus. Aber Flaubert bittet noch um etwas Geduld. Nach einer weiteren Stunde kommt er aus dem Arbeitszimmer und überreicht dem Diener einen gefalteten Zettel. Auf der Straße klappt der ihn neugierig auf und liest. »Herzliches Beileid.«

So geht es mir. Es ist eine unlösbare Aufgabe. Man will einerseits Anteilnahme unter Beweis stellen, und andererseits ist es fast schon infam anmaßend, zu glauben, man wisse, wie es den Eltern in ihrem Kummer geht.

Ein gutes Jahr später lesen wir wieder von ihnen in

der Zeitung. Dieses Mal geben sie die Geburt eines ge-
sunden Jungen bekannt. Ich schreibe eine Glückwunsch-
karte. Sie geht mir relativ leicht von der Hand.

Oscar ist offenbar so erschöpft von der Nahrungsaufnahme, dass er immer wieder in Ohnmacht fällt, in jenen Tiefschlaf, bei dem die Atmung vollständig aussetzt. Nur mit intensiven Streichel- und Kitzeleinheiten kann man ihn in die helle, laute Welt zurückholen. Fast widerwillig kehrt er um.

Heike gibt sich die Schuld, weil diese Stressamplituden ausgerechnet beim intensiven Körperkontakt mit ihr entstehen. Vielleicht ist die Urgeborgenheit, die nur Heike ihm geben kann, dafür verantwortlich, dass Oscar in diesen pränatalen Nullzustand zurückfällt, in dem die Mutter für die Atmung sorgt. Dann ist es eigentlich etwas Schönes, das nur eine völlig unerwünschte Reaktion zeitigt. Aber man hat in actu nicht die Muße, das alles zu durchdenken. Wir sind angespannt und in Sorge. Heike fängt leise an zu weinen, weil eine Schwester sich im Ton vergreift. Sie meint es wahrscheinlich nicht so, aber es klingt wie ein Vorwurf.

Für die Schwestern und Pfleger sind Eltern ein zusätzlicher Stressfaktor. Das merkt man bald, und das ist keine Beschwerde, sondern ein schlichtes Faktum.

Einer Freundin gebe ich ein paar Seiten des Buches zu lesen, um ihr Urteil einzuholen, ob sie die Arbeitsprobe für tauglich hält, um damit ein Stipendium zu beantragen. Sie ist skeptisch, vor allem irritiert darüber, dass ich das »Klinikpersonal von Anfang an als wenig sachgerecht und trampelig oder arrogant« beschreibe. »Das mag sogar der Realität entsprechen, ist aber auch ein Klischee.«

Ich bin völlig perplex, denn wir sind mehr als zufrieden mit der Arbeit hier. Es berührt uns, wie liebevoll und herzlich die Menschen bei aller Professionalität immer noch sein können.

Aber wir sind notgedrungen auch Beckmesser, wir schauen ihnen argusäugig auf die Finger und legen alles auf die Goldwaage. Weil unsere paar Stunden am Tag in der Intensivstation wirklich intensiv sind und anschließend wieder und wieder aufgerufen, bespiegelt und bearbeitet werden, tut so ein unbedeutender, unbedacht dahingesagter Satz seine Wirkung. Man sollte nicht jeden Kommentar auslegen wie eine dunkle Bibelstelle, und kann gar nicht anders. Keiner hat hier Schuld. Es sind die Umstände.

Einer der schlimmsten Tage bisher. Oscar liegt auf Heikes Brust und stellt alle paar Minuten das Atmen ein. Wir können keinen klaren Gedanken fassen und holen den wachhabenden Arzt. Auch der zeigt sich besorgt über Oscars häufige Apnoen und überlegt schon, ob man ein Medikament geben sollte. Aber dann kommt erzengelgleich Oberarzt Dr. Boenisch eingeschwebt.

Boenisch ist die weißhaarige Eminenz hier, hat die Kinderintensivstation vor fast zweieinhalb Jahrzehnten mit aufgebaut und schüttelt jetzt beinahe ärgerlich den Kopf über die Petitesse, um die es hier geht und die der junge Arzt nicht in den Griff bekommt. Er justiert ganz leicht zwei Potis an dem Gerät, das Oscar die Atemluft zufächelt, ich tippe auf Strömungsgeschwindigkeit und Sauerstoffgehalt, und schlagartig beruhigt sich unser Junge. Er atmet auf einmal völlig ruhig. Boenischs Fingerspitzengefühl entscheidet darüber, ob es einem Patienten gut geht oder eben weniger gut.

Dem jungen Mediziner ist diese beschämende Demonstration seiner Unerfahrenheit merklich peinlich, er verschwindet auf leisen Sohlen, ohne sich von uns zu verabschieden. Aber wir geben ihm gar keine Schuld. Dass ein junger Arzt noch keine dreißigjährige medizinische Erfahrung haben kann, darf man ihm nicht vorwerfen. Wir sind außerdem viel zu überwältigt von der Souveränität des Älteren. Endlich haben wir unseren Heroen gefunden. Dass er sich als freundlicher, nahbarer, noch dazu witziger Zeitgenosse präsentiert, macht ihn noch liebenswerter. Doc Boenisch rules.

Zur Elterngesprächsrunde, die aus gutem Grund auch von einer Seelsorgerin begleitet wird, kommt er eine Dreiviertelstunde zu spät. Und er lässt sich auch nicht auf langes Parlando ein, unterbricht faselnde Mütter, gockelnde Väter, bringt die Gesprächsrunde auf eine ernste Sachebene, ohne unhöflich zu sein. Er kann glaubwürdig vermitteln, dass er eigentlich Wichtigeres zu tun hat. Die Frühchen verlangen seine volle Aufmerksamkeit. Einmal mehr beeindruckt mich seine Souveränität. Ich bin ihm sehr dankbar für seine rigorose Gesprächsleitung. Ich habe auch Wichtigeres zu tun, als mir ausführliche Fallgeschichten und Befindlichkeiten anzuhören von Menschen, die kein Gespür haben für das, was von bloß privatem Interesse ist. Bei meinem Kind sein.

Wenn ich mir den Text bis hierher nochmals ansehe, frage ich mich ernsthaft, ob ich dieses Gespür habe.

»Die Freuden der Eltern bleiben im Verborgenen, ebenso wie ihr Kummer und ihre Besorgnisse; die einen können sie nicht äußern, und die anderen wollen sie nicht äußern«, schreibt Francis Bacon in seinem Essay *Über die Eltern und Kinder.*

Es ist eine Menge passiert seit der Renaissance. Weil Generationen danach, jedenfalls nach der Aufklärung, einmal zu oft vom Glück und Leid des Elternseins erzählt haben, hat sich die Situation umgekehrt. Sie *sollen* sich jetzt nicht mehr äußern, weil man schlicht genug davon hat.

Eine Berliner Freundin erzählte mir jüngst, es gebe in Berlin mittlerweile zwei Feindbilder: Schwaben, weil die sich überall breit und so die Preise kaputt machen; und Eltern, weil sie sich und ihre Kinder so wichtig nehmen, Sonderrechte einfordern, von nichts anderem mehr sprechen können und irgendwie zu spaßfreien Aufzuchtnazis mutieren. Ich berichte nur, was man mir erzählt hat.

Wer in solchen Zeiten über sein Kind schreibt, sollte sich also darüber im Klaren sein, dass er nicht überall auf freundliches oder doch zumindest unvoreingenommenes Interesse stößt … Er jetzt also auch!

ALS RESPIRATIONSHILFE bekommt Oscar immer mal wieder einen Medi-Jet aufgesetzt, eine orange Mütze, an der Luftdüsen befestigt sind, die in die Nase führen und seine Atmung unterstützen sollen. Er ist heute trotzdem ziemlich von der Rolle, weint ganz bitterlich, und als wir ihn dann mit Streicheln und lieben Worten langsam beruhigt haben, schaut er uns mit so traurigen, furchtsamen Augen an, dass mir die Tränen kommen. So ängstlich schauen diese kleinen Augen uns an, als wollten sie fragen: Warum tut ihr nichts dagegen? Warum lasst ihr das zu?

Was müssen wir alles wieder gutmachen, wenn er erst bei uns zu Hause ist?

Das Frühgeborene hat auf der Intensivstation keine Eltern. Nur Besucher. Das ist vielleicht das unerträglichste, wenn man jetzt mal absieht von der Furcht ... Man ist seiner Verantwortung gänzlich enthoben. Ob die kleinen Ringelsocken angezogen werden oder nicht, entscheidet ein anderer. Mit der Zeit verschiebt sich das Verhältnis etwas. Weil wir dem Pflegepersonal bewiesen haben, dass wir vorsichtig und verantwortungsvoll mit unserem Kind umgehen, dass sie uns trauen können, lassen sie uns schon mal wickeln, waschen, die Sensoren auswechseln, Fieber messen ... Dafür brauchte es allerdings eine ganze Weile, Wochen. Denn Schwestern und Pfleger rotieren fast täglich. Aber schließlich haben wir uns eine gute Reputation erworben, irgendwann wissen alle Schwestern und Pfleger Bescheid, vielleicht steht es in Oscars Krankenakte (»Vertrauenswürdig!«), und übertragen uns kleinere Aufgaben. Die innerbetriebliche Kommunikation scheint zu funktionieren.

9. MAI

Ich wickle zum ersten Mal meinen kleinen Sohn. Er freut sich, strampelt. Macht mich sehr froh.

Irgendwas ist passiert. Oscar atmet sehr ruhig und stabil. Er kommt deshalb zu Heike auf die Brust und man nimmt ihm den Medi-Jet ab. Eine gute Stunde geht es auch ohne, danach hat er ein paar Abstürze. Man legt ihn wieder in den Inkubator, er bekommt Atemhilfe und Heike wickelt ihn. Er ist sehr wach, streckt sich und scheint sich die Welt anzusehen. Aber das ist unmöglich. Sein Sehsinn kann noch nicht entwickelt sein.

11. Mai

Oscar bleibt heute dreieinhalb Stunden ohne Medi-Jet und schlägt sich ziemlich gut. Vielleicht ist das der Durchbruch!!!

Oscar bekommt die Hälfte seiner Nahrung schon aus der Flasche und atmet seit gestern ohne Atemhilfe. Die Iris bildet sich heraus, er hat jetzt fast schon die blauen Augen des Neugeborenen.

Wir beobachten, dass er einen anderen Atemrhythmus erlernt hat, der ihm offenbar Stabilität auch ohne Respirator ermöglicht. Er atmet flach, aber gleichmäßig vier, fünf Züge und macht danach ein paar Saugbewegungen mit dem Mund, oft hörbar schmatzend. Atmen, suckeln, atmen, dieser Groove gibt ihm den Takt vor, der ihn langsam ins Leben führt. Seit Langem der glücklichste Tag. Atme, kleiner Junge, atme!

Der erste Gedanke bei solchen Tagebucheinträgen: Man sollte das Pathos dimmen, die übertriebenen Affektäußerungen loswerden. Ich lösche den letzten Satz kopfschüttelnd, um die Korrektur anschließend doch wieder rückgängig zu machen. Soll man wirklich verbergen, was man in diesem Augenblick in vollem Ernst und vielleicht sogar mit Tränen in den Augen gedacht hat?

Es sind die emotionalen Übersprungshandlungen, die uns ausmachen in jenen Tagen und sich in solchem Gefühlskitsch eben auch verbal niederschlagen. Es ist peinlich. Andererseits muss man auch die Peinlichkeit abbilden, wenn man sich der Wahrheit annähern will. Das soll keine Entschuldigung für mangelndes Stilgefühl sein. Eher im Gegenteil. Ein Plädoyer für einen angemesseneren, sachgemäßeren Stil. Ich glaube nämlich, dass solche Fehler im System einen Text besser machen, weil sie ihn wahrer machen. Und ich glaube außerdem ganz fest daran, dass erst der Fehler, eine wie auch immer geartete Macke, die Originalität des Kunstwerks garantiert. Deshalb muss man jenen formal ungebändigten emotionalen Überschuss wenigstens ein paarmal stehenlassen. Atme, kleiner Junge, atme!

Es ist ohnehin klar, dass alle Tagebücher, die man zu Lebzeiten publiziert, überarbeitet sind. Kein Mensch kann die gesammelte Gedankenspreu des Alltagsindividuums eins zu eins ertragen. Postum ist das natürlich was anderes, jedenfalls wenn der Tagebuchschreiber ein bisschen Relevanz oder doch zumindest Strahlkraft besitzt. Aber möglicherweise braucht es noch nicht einmal das. Totsein hat seine eigene Dignität, da werden auf einmal die Nebensachen zu Ereignissen.

Außerdem, so die wohlwollende Annahme, kann der Tote nun wirklich nichts dafür. Er hat seine Tagebücher ja nicht in Druck gegeben. Natürlich kann er doch etwas dafür. Ein professioneller Tagebuchschreiber rechnet immer mit einer Publikation.

ALS ICH ABENDS NOCHMAL in die Stadt fahre, um mich mit Freunden zu treffen, sehe ich die Schwester, die Oscar heute betreut hat, wie sie sich auf dem Fahrrad eine Steigung hinaufmüht. Sie trägt eine sehr weite Cargo-Hose, ein oranges T-Shirt, und sie schwitzt. Jetzt bemerkt sie mich auch, und wir winken uns zu. Beide sind wir etwas peinlich berührt, als wäre schon diese zufällige Begegnung, die Tatsache, dass ich die sonst stets Uniformierte in Zivil gesehen habe, ein ungehöriger Übergriff aufs Private. Als wir uns am nächsten Tag auf dem Gang begegnen, ist diese kleine Peinlichkeit immer noch zu spüren. Ihr ist es wahrscheinlich unangenehm, weil sie um ihre Autorität fürchtet; mir, weil ich weiß, dass sie recht damit hat, und mich von ihr durchschaut fühle.

2360 Gramm! Das ist eine Gewichtzunahme von 80 Gramm innerhalb eines Tages. »Kriegt langsam eine kleine Plauze«, erzähle ich Jo später am Telefon.

»Ganz der Papa«, sagt er, aber ich lache trotzdem über diesen lahmen Witz, weil ich ein Ventil brauche für das Glück.

Dabei beginnt Oscars Tag mit ziemlichem Stress. Er reißt sich selbst die Magensonde heraus. Einer der jungen Stationsärzte kümmert sich darum, er lernt noch und braucht folglich seine Zeit. Als ich gegen zehn Uhr zu Besuch komme, schläft mein Sohn, schlag kaputt von dieser Tortur. Erst nach anderthalb Stunden wird er wach und hat Hunger. Ich gebe ihm die Flasche – er trinkt immerhin 20 Gramm.

»Das ist doch gut«, sagt die Schwester lächelnd.

Die tiefe Befriedigung, sein Kind sattzumachen, von der Mütter so oft sprechen, die spüre ich jetzt auch. Ein Hochgefühl, als hätte ich eine Prüfung bestanden. Wie sich Mütter fühlen müssen, die diese Prüfung nicht bestehen, weil zum Beispiel die Keimbelastung ihrer abgepumpten Milch zu hoch ist, kann ich mir jetzt vorstellen.

EINES TAGES FEHLT DER INKUBATOR hinten links. Mein Kind! Statt dessen steht dort ein offenes Wärmebett … Bevor ich eintrete, schaue ich ängstlich zur Schwester, aber die lächelt erwartungsfroh und nickt mir bestätigend zu. Mein Kind – im offenen Wärmebett!

»War das etwa Oscar?«

Schwester Beatrice blickt mich überrascht an.

Ich nicke.

Sie schüttelt lächelnd den Kopf.

»Das habe ich hier noch nie erlebt.«

Es ist ein Tag wie viele. Die Normalität im Ausnahmezustand. Heike hat ihn morgens besucht, nachmittags bin ich dran. Wir fahren in der Regel gemeinsam, aber ich muss für die NZZ eine Besprechung des letzten *Turbonegro*-Albums abgeben und will die Deadline nicht reißen. Heike hat wenig geschlafen in der Nacht zuvor und hat sich hingelegt.

Die Damen in Weiß und Hellrosa begrüßen mich freundlich. Ich bin jetzt ein paar Wochen hier und glaube, sie mögen mich, vielleicht liegt es auch einfach nur daran, dass ich sie mag. Nicht alle, aber die meisten. Man hat seine Lieblinge und hätte gern, dass ausschließlich sie sich ums eigene Kind kümmern.

Aber nach zwei, drei Tagen wird systematisch durchgewechselt. Damit sich kein Pfleger und keine Schwester zu sehr an das eine Kind gewöhnt. Sie sollen keine allzu festen Bindungen knüpfen, um ihre Professionalität nicht zu verlieren. Es ist ohnehin hart genug, wenn die Abteilung ein Kind »verliert«. Nicht nur für die Angehörigen, auch für das medizinische Personal.

Schwester Beatrice hat sich in den ersten beiden Tagen auf direktem Weg in mein Herz gelächelt. Sie weiß vermutlich nichts davon. Ihre Handgriffe sind konzentriert, besonnen, souverän, aber ihr hübsches, sommersprossiges Gesicht schenkt meinem Sohn ein so inniges Lächeln, das sich mit Professionalität allein nicht erklären lässt. Das muss Berufung sein. Friedrich Schiller spricht in seinem Essay *Über Anmut und Würde* von einer »schönen Seele«, wenn bei einem Menschen Pflicht und Neigung zusammenfallen. Sie hat genau den Job, den sie verdient.

Am zweiten Tag komme ich zu früh. Sie ist noch beschäftigt mit der »Versorgung«, winkt mich aber dennoch zu sich und erklärt mir detailliert, was sie macht. Und obwohl ich ihr auf die Finger schaue, bleibt sie ruhig und behält den Blick ganz bei meinem Sohn, flötet ihm Zärtlichkeiten zu und schenkt ihm dieses beseelte Lächeln, das bei mir Kribbeln auf der Kopfhaut verursacht. Ich bin enttäuscht, als sie sich am nächsten Tag um ein anderes Kind kümmert.

Wir sehen uns noch ein paarmal, manchmal ist sie nur Aufsicht, sitzt am Schreibtisch rechts neben dem Eingang und überträgt die Tageswerte in die Patientenakte. An diesem Nachmittag jedenfalls ist sie im Raum, und ich freue mich darüber.

Oscar liegt im Wärmebett und schläft, den Inkubator braucht er seit ein paar Tagen nicht mehr. Ich lege meine Hand an seinen Kopf und erzähle ihm etwas, der Inhalt spielt keine Rolle, der Klang der Stimme und die Diktion sind relevant. Es gilt, ein temporäres akustisches Zuhause zu schaffen. Keine Ahnung, ob uns das gelingt, aber wir nehmen das zumindest sehr ernst – und die Schwestern, Pfleger und Ärzte honorieren das ostentativ. Aufmunterndes Nicken.

Ich bleibe zwei Stunden, wickle ihn, darf ihn auf den Arm nehmen. Und wie immer gehe ich irgendwann mit dieser Mischung aus Freude, meinem Sohn nahe gewesen zu sein, und Melancholie, ihn wieder einmal zurücklassen zu müssen.

Aber dann passiert das, was mir wie ein Wunder vorkommt und in den nächsten Tagen für Gesprächsstoff sorgt. Oscar fängt an zu lachen. Wie ein Baby, das gekitzelt wird, schüttet er sich einmal herzlich aus. Er träumt und erlebt offenbar gerade etwas sehr Komisches. Vielleicht stellt er sich ja gerade vor, wie seine Mutter mit ihm »Geht die Maus die Treppe rauf, klopfet an, guten Tag, Herr Nasemann« spielt.

Nur kann er das Spiel noch gar nicht kennen.

Der Witz ist, und das ist nun absolut nicht komisch, dass Oscar, wenn alles mit rechten Dingen zugegangen wäre, noch im Mutterleib sein müsste. Zum jetzigen Zeitpunkt liegen wir immer noch knapp drei Wochen vor dem errechneten Termin seiner Geburt.

Wer zu früh kommt, den beschenkt das Leben.

Als Vater denkt man natürlich immer, das eigene Kind sei etwas ganz Besonderes und könne mehr als alle anderen. Ich denke das immer noch.

Aber wenn man die elterliche Hybris mal beiseitelässt und daraus etwas Allgemeineres abzuleiten versucht, kann das doch wohl nur heißen: Lachen ist keine kulturell erlernte Fähigkeit, sondern gehört zur anthropologischen Grundausstattung. Kinder lachen bereits im Bauch. Ich weiß nicht genau, warum, aber die Vorstellung gefällt mir.

HARTMUT, GERALD UND ICH betreiben eine komische Lesebühne in einem Antiquariat. Einige verdienen sogar etwas daran, unsere Stargäste, das Antiquariat vor allem, wir haben immerhin das Bier raus und einen schönen Abend gehabt. Wir laden uns viermal im Jahr Autoren ein, deren Werk wir schätzen, Fanny Müller, Frank Schulz, Wiglaf Droste, Rayk Wieland etc., rollen ihnen den Roten Teppich aus und lesen das eine oder andere aus der eigenen Schublade.

Hartmut kommt aus dem Theaterbereich, er ist eine Rampensau, Gerald kennt keine Selbstzweifel, auch er hat Spaß, glaube ich. Für mich ist diese Viertelstunde auf der Bühne eine Art Rosskur. Ich stelle mich meiner Heidenangst durch Konfrontation.

Ich frage mich oft, warum ausgerechnet die Kurzauftritte in der Show meine Nerven so mitnehmen. Bei Vorträgen und Lesungen in anderen Städten habe ich Lampenfieber, aber nicht diese neurotische Versagensangst. Aber hier ist nun mal Braunschweig, hier gilt es. Man kennt die Leute, man sieht sie ein paar Tage später beim Bäcker, ein alter Lehrer sagt sich an, einmal sind sogar meine Eltern dabei. Ein Heimspiel zu vergeigen, ist die Höchststrafe. Und noch etwas macht es so schwierig: In einer komischen Leseshow geht es um Pointen. Eigentlich wird hier kabarettistisches oder doch zumindest satirisches Schreiben verlangt, aber ich hab mit Kabarett wenig und mit Comedy gar nichts zu tun, kann mir keine Witze ausdenken, allenfalls unterlaufen sie mir hin und wieder. Sicher bin ich mir dabei nie. Und sowieso ist nichts peinlicher als ein Witz, der nicht zündet. So sind diese Abende die Hölle, jedenfalls bis ich von der Bühne komme. Ich gewöhne mich nicht dran. Vermutlich setzt eine gewisse Professionalisierung ein, aber wenn das der Fall ist, merke ich mir nichts an.

Schon nach ein paar Wochen auf der Intensivstation indes wird meine Perspektive völlig neu justiert. Ich vergrößere den Auftritt nicht mehr. Er ist nicht egal, ich übe weiterhin meine Texte, gebe mir Mühe, aber als hätte ich ein anderes Objektiv aufgeschraubt, das endlich ein realistisches Bild zeichnet, ist er auf einmal nur noch das, was er ist – ein Auftritt.

EIN PAAR WOCHEN SPÄTER treffe ich auf dem Fahrrad einen Pfleger. Er hält an und bereut es vermutlich gleich wieder, denn jetzt muss er reden, das ist aber nicht so einfach, er hat ziemlich geladen. Er fragt mich, wie es uns geht. Ich erzähle kurz und frage anschließend ihn. Und jetzt schüttelt er den Kopf. Sie hätten heute mal wieder eine »Supervision« gebraucht, Zeige- und Mittelfinger setzen die Anführungszeichen.

Als ich unsicher gucke, macht er die internationale Suff-Geste: Kopf in den Nacken, die offene, den imaginären Humpen greifende Hand vorm Mund, leichte Schüttbewegung. Gluckgluck. Es sei mal wieder soweit gewesen.

Ich bin begriffsstutzig.

»Wir haben ein Kind verloren. Einundzwanzigste Woche, war die ganze Zeit kritisch, zwei Operationen schon, aber wir haben solche kleinen Würmer auch schon oft durchgebracht ...«

Ich nicke betreten. Kann zunächst nicht antworten.

»Nach so einem ... Ereignis setzt ihr euch nochmal zusammen«, sage ich.

»Wir trinken was. Heute mal etwas mehr.«

Ich soll das neue Album der *Jayhawks* besprechen, und es wird mehr als eine Besprechung.

»Rainy Day Music«, in der Tat. Dieses Album besitzt das sentimentalische Potential der Photos von diesem einen Sommer gleich nach dem Abitur, in dem man wirklich glaubte, auf eine beinahe metaphysische Weise, die Welt stünde einem offen ...

Oder der alten Filme aus den Sechzigern und frühen Siebzigern, die wir erst viel später gesehen haben und die vielleicht gerade deshalb so eine rätselhafte Melancholie verströmten, auch wenn sie gar nicht melancholisch waren. Die leicht verblassten Farben gaben wohl einen ersten Anschein davon, nein, setzten für jeden unmittelbar einsichtig ins Bild, dass unser Leben siebenzig Jahr währt, und wenn es hoch kommt, so sind es achtzig Jahr, und wenn es köstlich gewesen ist, so ist es Mühe und Arbeit gewesen; denn es fähret schnell dahin, als flögen wir davon ...

»Rainy Day Music«, in der Tat. Die Jayhawks breiten diesen Skandal, von dem Luther noch sprechen konnte, ohne zum gottverdammten Atheisten zu werden, einmal mehr vor uns aus ...

Die Kritik endet mit einer *selffulfilling prophecy:*

»Rainy Day Music« ist ein Album, das man in seine Biographie einbaut. Besser bald, denn die fähret bekanntlich schnell dahin.

Und so ist es schließlich passiert. Ich kann das Album bis heute nicht hören, ohne zurückzukehren zu der merkwürdigen Traurigkeit dieser Wochen.

Oscar wiegt 2550 Gramm. Noch eine Zahl, die den Tag konditioniert, unsere Stimmung beeinflusst. Mittlerweile nimmt er kontinuierlich zu, und das beruhigt uns. Er bekommt jetzt ein weiteres Medikament, das ihn davor bewahren soll, in jenen Tieftiefschlaf wegzusacken, der für ihn immer noch ein Todesschlaf ist. Weil das vegetative Nervensystem dann die Arbeit einstellt. Der Organismus einfach zu atmen vergisst. Was kann das sein, das er bekommt?, fragen wir uns. Koffein? Nicht wichtig, weil es sofort anschlägt und ihn sichtbar stabilisiert. Messbar. Seine Sauerstoffsättigung sackt jetzt nicht mehr unter 88 Prozent ab.

28. Mai

Schwester Bianca lobt unseren Sohn. Er trinkt an der Flasche, als hätte er nie etwas anderes gemacht. »Sie können ihm vielleicht bald die Brust geben«, macht sie Heike Mut.

29. Mai

Oscar bekommt zum ersten Mal die Brust, trinkt 60 Gramm, ganz ohne Schwierigkeiten. Heike war etwas nervös vorher, aber die Aufregung erweist sich als absolut unbegründet.

60 Gramm sind schon ein großer Mundvoll, um zu Kräften zu kommen.

WIE SEHR WIR AUS DER WELT gefallen sind, wird uns bewusst, als wir Gerd mit seiner neuen Freundin treffen.

Gerd und ich haben zehn Jahre lang zusammen in einer Metal-Band gespielt. Für eine Weltsekunde schien es möglich, dass wir so etwas wie eine Karriere haben könnten, aber dann war die Chance vertan und wir machten irgendwann nostalgische Geschichten draus, die auch nach mehrmaligem Erzählen nicht langweilig wurden. Uns jedenfalls nicht. Einen Sommer lang bildeten wir beide überdies eine Fahr- und Interessengemeinschaft, chauffierten uns gegenseitig aus dem kleinen Heimatkaff zu den Vergnügungsstätten in der nahen Großstadt, die mit unserem haarigen Musikgeschmack zumindest halbwegs harmonierten. Wir waren beide kurz zuvor von unseren Mädchen verlassen worden, das schweißt zusammen.

Seitdem verbindet uns eine Freundschaft, die meistens ganz gut ohne den anderen auskommt. Wir telefonieren selten, sind nicht wirklich enge Vertraute, treffen uns aber auf denselben Partys und regelmäßig im Kreis der ehemaligen Band.

Heike und ich begegnen ihm zufällig in der Stadt. Wir gehen seit acht Wochen das erste Mal wieder gemeinsam aus. Die Fußgängerzone ist belebt für Braunschweiger Verhältnisse, die Tische vor den Cafés und Distillen sind gut besetzt. Wir finden einen Platz und trinken etwas. Und dann kommt er um die Ecke mit wehendem Haupthaar und zerschlissener Jeans. Keep on Truckin'. Gerd singt immer noch in einer Band. Er guckt erst ungläubig, erkennt mich und mokiert sich dann über meinen Haarschnitt.

»Wie siehst'n du aus, Mann?« Er kann es nicht fassen. »Fängste bei der Bank an?«

Ich hatte mir irgendwann, kurz vor Oscars Geburt, die Haare schneiden lassen. Ich weiß nicht mehr, warum. Sie wurden dünner. Ich wollte nicht aussehen wie ein Althippie. Vielleicht wollte ich auch endlich mal mit meiner ewig prolongierten Jugend abschließen.

Gerd beruhigt sich immer noch nicht.

»Was soll'n der Scheiß? Wo sind deine Haare hin?«

Die umliegenden Tische sind jetzt auch interessiert an diesem Theaterdonner.

»Ausgefallen«, antworte ich genervt.

Ich habe lange nicht mehr an meine Haare gedacht. Ich hatte buchstäblich andere Sorgen.

Glücklicherweise erkennt er jetzt eine Arbeitskollegin. Weibsvolk war ihm immer schon wichtiger als Freunde, noch dazu die mit kurzen Haaren. Also klatscht er nur ab und zieht seine neue Flamme hinter sich her zum Lokal gegenüber.

Wir bezahlen bald und fahren nach Hause.

Ich habe ihn jetzt ein gutes Vierteljahr nicht gesehen. Heike war schwanger. Jetzt ist sie es nicht mehr. Fällt einem das nicht auf? Ich habe etwa ein Dutzend Freunde gesprochen in der Zwischenzeit, weitläufige Bekannte haben angerufen und Glück gewünscht. Kann es sein, dass ihm niemand davon erzählt hat? Kann man so stumpf sein oder so in seinem eigenen Saft schmoren, dass man von der Notsituation seiner Leute einfach nichts mitbekommt?

Heike nimmt es gelassen.

»Kennst doch Gerd«, sagt sie nur.

Aber ich denke noch im Bett darüber nach, unsicher, was davon zu halten ist. Ich bin gar nicht so sehr verletzt, glaube ich, sondern eher verstört. Wie weit man sich voneinander entfernen kann in so kurzer Zeit.

Wir merken, dass heute etwas passieren soll.

Die diensthabende Ärztin kommt ins Zimmer, schaut sich die Kurven der Patienten an. Ein Pfleger fragt sie lächelnd: »Und?«

Kurze Zeit später flüstert ihr eine Schwester zu: »Hast du dir schon überlegt, was du sagen willst?«

»Jetzt schon?«, raunt die Ärztin zurück.

»Was wir haben, haben wir …«

Wir haben uns mittlerweile angewöhnt, besonders auf die geflüsterten Botschaften zu achten.

Ein paar Minuten später tritt die leitende Ärztin an das Wärmebett, hebt und senkt die Schultern und verkündet feierlich:

»Er macht ja seine Sache schon eine Weile sehr gut. Deshalb haben wir uns dazu entschlossen, ihn auf die Säuglingsstation zu verlegen …«

Sie lächelt, freut sich einen kurzen Moment lang über die von ihr ausgelöste Reaktion und wendet sich dann taktvoll ab.

DIE SITUATION ÄNDERT SICH jetzt. Sobald Heike ihn stillt, kehrt eine große Ruhe und Zufriedenheit ein. Vor allem beim kleinen Jungen. Nachts füttern ihn die Schwestern mit dem Fläschchen, aber an Heikes Brust trinkt er deutlich mehr. Die Schwestern zeigen sich überrascht, das ist untypisch, weil die Flasche viel weniger anstrengend ist. Aber er nimmt die Anstrengung offenbar gern in Kauf, genießt die Nähe, hat was nachzuholen. Er ist so gierig, dass er nach jeder Mahlzeit ein bisschen wieder ausspuckt. Wir haben immer ein Tuch auf der Schulter liegen, wenn wir mit ihm nach dem Essen herumgehen.

Speikinder, Gedeihkinder.

Das Entlassungsgespräch führt nicht Doc Boenisch, sondern ein junger, eloquenter Arzt, den wir bisher nur aus der Entfernung kennengelernt haben. Für solche Formalien, die vor allem der Beruhigung und mentalen Stärkung der Eltern dienen, hat der Chef keine Zeit.

Wir freuen uns sehr, sind aber auch aufgeregt, weil wir jetzt die alleinige Verantwortung für den Kleinen tragen. Was, wenn etwas passiert? Etwas Schlimmes passiert? Ein Gespenst geistert durch die Gänge der Säuglingsstation – der plötzliche Kindstod, der bei Frühchen viel häufiger auftritt. Jedenfalls hört und liest man das.

»Das Sudden Infant Death Syndrome, kurz SIDS, gibt es«, bestätigt der Arzt, »das kann man nicht leugnen, aber sie sollten sich mehr Sorgen beim Überqueren der Straße machen. Immer links, rechts und dann nochmal links schauen. Das ist eine reale Gefahr.«

Wir signalisieren ihm, das wir seinen kleinen Witz verstanden haben.

»Über SIDS würde ich nicht nachdenken, es kommt viel zu selten vor, da machen sie sich nur verrückt.« Er nennt ein paar Leitlinien, die das ohnehin geringe Risiko weiter minimieren: Rückenlage des Babys, im Kinder-, nicht im Elternbett, niedrige Raumtemperatur, rauchfreie Umgebung, gute Belüftung, keine Kuscheltiere im Bett. Glücklicherweise hat Pu der Bär eine kleine Schlaufe am Kopf, wir müssen ihn erstmal eine Weile außerhalb des Kinderbetts aufhängen.

»Aber auf was müssen wir achten bei einem Frühchen? Wäre es nicht sinnvoll, wenn wir uns etwas besorgen, das seine Atmung nachts überprüft?«

»Überwachungsgeräte gibt man wirklich nur im Notfall mit nach Hause, weil sie in aller Regel einen Fehlalarm geben. Das ist eine enorme psychische Belastung. Stellen Sie sich vor, sie werden dreimal in der Woche nachts von dem Gerät geweckt und denken jedes Mal, ihr Kind ist in höchster Gefahr.«

Und dann sagt er den Satz, der uns beide sehr glücklich macht.

»Ihr Kind ist gesund.«

Es hat acht Wochen gedauert, in denen unser Sohn schließlich so groß geworden ist wie Winnie the Pooh. Acht Wochen, in denen wir zu uneingeschränkten Fans der intensivmedizinischen Versorgung in Deutschland herangereift sind. Bis wir Oscar schließlich mit nach Hause nehmen dürfen und bemerken, dass es Sommer ist.

SCHWAGER HELGE setzt sich mit mir in Verbindung, er will seine Schwester überraschen, wenn Oscar nach Hause kommt. Ich gebe ihm also einen Hausschlüssel. Und als wir mit dem kleinen Jungen im Maxi-Cosi unsere Wohnung im dritten Stock erreichen, hängt ein Riesenherz an der Tür mit bunten Lampions, Schnuller, Süßkram, Söckchen etc. und einem HERZLICH WILLKOMMEN im Zentrum.

Helge, der einzige heilige König aus dem Braunschweiger Umland, bringt zur Ankunft unseres Kindes seine Gaben dar. Es fühlt sich an wie Weihnachten. Ich weiß ja, dass er was geplant hat, und bin trotzdem gerührt von so viel Freundlichkeit. Das vergessen wir ihm nie.

DIE ZEIT IN DER FRÜHCHENSTATION vergessen wir sowieso nicht. Ein Jahr nach Oscars Entlassung schiebe ich ihn im offenen Buggy durch das sommerliche Braunschweig, die Kastanienallee hinunter zum Prinzenpark. In einem Straßencafé sitzt der teilnahmsvolle junge Arzt, der das Aufnahmegespräch geführt hat, in Begleitung einer, vielleicht seiner Frau. Wir haben Blickkontakt. Ich grüße ihn überschwänglich, winkend. Er nickt und lächelt irritiert. Vermutlich hat er mich nicht erkannt oder fühlt sich gestört. Ich überlege einen Moment zu lange und zuckele vorbei. Später ärgere ich mich, habe fast ein schlechtes Gewissen, dass ich nicht wenigstens kurz an seinen Tisch gegangen bin, um mich bei ihm zu bedanken. Aber vielleicht war alles ganz richtig so.

EIN PAAR WOCHEN SPÄTER treffe ich Doc Boenisch, meinen Superhelden im weißen Kittel. Wir kommen zur Nachuntersuchung, schauen noch einmal mit einem Präsentkorb bei der Intensivstation vorbei und stellen Oscar vor. Ein Jahr danach. Schwester Bianca und Pfleger Wolfgang sind zufällig da und scherzen mit ihm. Sie freuen sich, weil wir uns freuen, und wir freuen uns darüber, dass wir noch einmal Gelegenheit bekommen, unsere Dankbarkeit zum Ausdruck zu bringen.

Danach untersucht Boenisch unseren Jungen. Oscar liegt auf dem Rücken, und als erste Amtshandlung zieht er ihn langsam in den aufrechten Sitz. Der Junge beschwert sich knörend.

Boenisch lacht freundlich. »Ja, ich weiß, aber so ist das Leben, nur Mühe und Anstrengung.«

Zwei, vielleicht sogar drei Jahre später, ich habe schon länger nicht mehr an das Krankenhaus gedacht, treffen wir Doc Boenisch vor Real-Kauf. Oscar und ich haben gerade den Einkaufswagen zurückgebracht, da sehe ich ihn von Weitem an einem Imbiss-Stand. Ich hocke mich zu Oscar und zeige auf den Mann mit der Bratwurst.

»Dieser nette Mann dort hinten hat dich gesund gemacht, als du noch ganz klein warst.«

Der Doc sieht uns und winkt. Vielleicht erkennt er mich noch, aber wahrscheinlich ist ihm nur aufgefallen, dass wir ihn beobachten. Ich winke zurück und auch Oscar winkt. Und dann steigen wir ins Auto und fahren los.

Einmal mehr ärgere ich mich über eine verpasste Gelegenheit. Ich erzähle Heike davon.

»Ach, schade«, sagt sie, »Doktor Boenisch hätte sich bestimmt gefreut.«

»Das glaube ich jetzt auch.«

Vielleicht schreibe ich deshalb dieses Buch.

Er hat lange Schwierigkeiten, allein einzuschlafen. Er will nicht ohne uns sein.

In den ersten Wochen und Monaten wiegen wir ihn auf dem Arm, und wenn er schläft, legen wir ihn ins Kinderbett. Nicht immer klappt das, dann kommt er in unsere Mitte. Die Elternratgeber, die sich bei uns stapeln, warnen davor, trotzdem schläft er ständig in der Besucherritze. Wir haben anfangs ein schlechtes Gewissen deshalb. Später ärgern wir uns, Pädagogen, Psychologen und Kinderärzten überhaupt so viel Aufmerksamkeit geschenkt zu haben. Wir hätten gleich auf unsere Intuition hören sollen.

Später sitzt einer von uns vor dem Kinderbett und hält Körperkontakt. Wenn er schläft, schleichen wir auf Zehenspitzen hinaus. Es gibt eine Ideallinie, wie man zur Tür kommt, ohne dass die Dielen knarren. Wenn wir danebentreten und das ächzende Holz ihn aufweckt, gefolgt von einem überraschten Ausruf (»Mama, wohin willst du?«), fühlen wir uns wie Verräter. Wenn er nachts wach wird, was jeden zweiten Tag der Fall ist, zieht er zu uns um. Irgendwann macht Oscar kein Gezeter mehr, sondern nimmt einfach Kissen und Bettdecke, tapert rüber zu uns und legt sich in die Mitte. Wir stöhnen ein bisschen (»Na, du schon wieder!«), machen Platz und freuen uns jedes Mal darüber. Wenn er sich eine mehrtägige Auszeit nimmt, wacht regelmäßig einer von uns auf und sieht nach dem Rechten. Als Oscar nach ein paar Jahren ganz allein schläft, ist das für Heike eine Art Liebesentzug. Sie beichtet mir ihre gemischten Gefühle und ich ziehe sie damit auf, aber mir geht es genauso.

»Du hast nach sechs Wochen durchgeschlafen«, behauptet meine Mutter. Daran will sie sich ganz genau erinnern. Wir bezweifeln das von Anfang an, aber mit den Jahren wird es fast zu einem *running gag,* der gern zitiert wird, wenn wir uns über die Erziehungsmethoden der Elterngeneration mokieren.

Irgendwann lese ich von der Nazi-Kinderpädagogin Johanna Haarer, deren Bestseller *Die deutsche Mutter und ihr erstes Kind* in einer von allzu auffälliger Nazinomenklatur bereinigten Fassung bis 1987 wieder und wieder aufgelegt wurde und damit mehreren Generationen die Kindheit vermurkst oder doch immerhin erschwert hat. Sie predigt darin die bekannte, nur für die Frühkindpädagogik leicht zurechtgefeilte Kruppstahl-Ideologie. Die »Überschüttung des Kindes mit Zärtlichkeiten« hält sie für verderblich, weil das zwangsläufig zur Verweichlichung führen müsse. »Eine gewisse Sparsamkeit in diesen Dingen ist der deutschen Mutter und dem deutschen Kinde sicherlich angemessen«, glaubt Haarer. Dementsprechend solle man ein Kind, das schreit, ruhig schreien lassen. Das stärkt die deutschen Lungen und härtet den kleinen Nazi gleich mal ab für kommende Kriegseinsätze.

So kriegt man vielleicht auch ein Kind nach sechs Wochen zum Durchschlafen.

UNSERE INKUBATORNACHBARN machen auf uns einen etwas merkwürdigen Eindruck. Er lässt sich kaum sehen, und sie scheint sehr besorgt um ihren Mann zu sein, dass der auch genug isst bei der Arbeit. Das erfahre ich aus einem Handytelefonat, das ich nolens volens belausche. Ihr Sohn Johannes wird in der 25. Woche geboren und ihm geht es sehr lange sehr viel schlechter als Oscar. Wir sehen uns fast jeden Tag und wechseln deshalb gelegentlich ein paar Worte.

Schließlich wird Oscar entlassen, und wir verlieren uns aus den Augen. Aber ein halbes Jahr später trifft Heike die Mutter von Johannes in der Fußgängerzone und lädt die beiden in einem Anflug von Sentimentalität zum Kaffee ein.

Die beiden Babys sind noch viel zu klein, um miteinander spielen zu können, aber sie gehen irgendwie miteinander um. Genauso wie die Erwachsenen. Es ist mühsam. Wir haben nichts gemeinsam als unsere Frühchen und die Zeit auf der Neonatologie. Als wir uns gegenseitig von unserem Kinderalltag erzählen, gibt sie zu, sie habe es irgendwann nicht mehr ausgehalten und Johannes eines Nachts schreien lassen, bis er nach einer Weile wieder eingeschlafen sei. Wir bringen den Nachmittag irgendwie rum, und als die beiden uns wieder verlassen haben, bricht der Ärger aus mir heraus.

»Der kleine Kerl hat sogar eine Sensormatte mitbekommen, weil er zu den Risikokindern zählt, und dann lässt sie ihn durchschreien?!«

Heike sagt nichts, schüttelt nur ungläubig den Kopf, versteht die Welt nicht mehr.

WINNIE THE POOH SITZT viele Jahre im Kinderbett und wacht.

Noch in der Schulzeit hat er seinen Platz rechts hinter dem Kopfkissen, dort hat er schon im Inkubator gesessen. Aber wir ziehen die Spieluhr schon lange nicht mehr auf.

Irgendwann, da ist er drei oder vier, zieht Heike fast im Scherz noch einmal an der Strippe. Der kleine Junge wird ganz still und nachdenklich.

»Was ist denn?«, fragt sie ihn.

»Die Musik macht Oscar immer so traurig«, sagt er.

Frank Schäfer

Zu früh

Roman

1. Auflage

in der KrönerEditionKlöpfer

Stuttgart, Kröner 2024

ISBN: 978-3-520-77105-6

Der Autor bedankt sich beim Niedersächsischen Ministerium für Wissenschaft und Kultur für das ihm gewährte Arbeitsstipendium.

Umschlaggestaltung Denis Krnjaić

unter Verwendung eines Fotos von PopTika, shutterstock.com

Druckprodukt mit finanziellem
Klimabeitrag
ClimatePartner.com/12514-2407-1003